Die kat van dat mens

12.4.01

Yvonne Keuls

Die kat van dat mens

[signature]

Ambo / Amsterdam

De in deze bundel opgenomen verhalen werden eerder gepubliceerd in *Keulsiefjes*.

Eerste druk oktober 2000
Tweede druk december 2000

ISBN 90 263 1668 2
© 2000 by Scenario Drama Productions
Foto omslag: Pan Sok
Ontwerp omslag: Marry van Baar

Verspreiding voor België
Verkoopmaatschappij Bosch & Keuning, Antwerpen

Alle rechten voorbehouden
All rights reserved

Inhoud

I DIE KAT VAN DAT MENS

Vertoning all-in   9
Krijgen we nou...   13
Die ouwe met dat gekke beest...   17
Laten stomen, – geloof ik – ...   21
Janboel   25
Willemien   28
Gekookt en dan dood...   31
In memoriam Peertje   34
Niet eens z'n koffer...   40
Blijspel   44
Pijne pootjes   47
Twee wereldoorlogen   50
Dat doet ze wel...   54
Ik ben er niet   57
Billijk en ter plaatse   60
Gestampte hond   64
Poppenkast   68
Dokter Woudenberg   72
Moeder wol   76
Alvijf en pasvijf   80
Madurodam...   84
Die kat van dat mens   88

II VOORZICHTIG, VOORZICHTIG!

Voorzichtig, voorzichtig!   95
Lekker zitten   99
Parijs   102
Wat zég je...   106
Open haard   109
Kon beter...   112
Kraaltje   115
Inpakken meneertje   118
Moeilijk   121
Bij hem in de tuin   124
Dat mag niet   127
Fietsie-foetsie-weg   131
Duim in 't puin   134
Echtpaar in goeie doen   137
Brief   141
Driemaster   144
Die van die vent die...   147
Dat beetje fiets van mij   150
Ik wil m'n geld terug   153
Bloedlinklevesgevaarlijk   157
Goed zittende pantoffels   161
Een vis van steen   165
Loempia   169

I

Die kat van dat mens

Vertoning all-in

'Is het nou allemaal waar wat je schrijft?' vragen ze me wel eens, 'of verzin je de heleboel bij elkaar?'

Nee hoor, meneer en mevrouw, het is allemaal een beetje min of meer waar. De waarheid wordt me zo op een dienblaadje aangeboden. Bij de voordeur soms, zoals vanmorgen, toen belde er een jongetje dat 'een vertoning' wenste te geven. Misschien is hij ook bij u aan de deur geweest, dan kunt u me deze keer controleren.

'Dag mevrouw,' zei het jongetje, 'u ziet dat ik een hond bij me heb, ze heet Truus en ze is niet zomaar een hond, ze is een gedresseerde hond. Ze is eerst op puppyclub geweest, daar heeft ze een diploma van en toen verder in training bij de volwassen honden en nu afgelopen week is ze weer geslaagd met het hoogste aantal punten. Ik heb haar een heleboel kunstjes geleerd en die wil ik wel laten zien aan u, als u er wat voor over heeft tenminste...'

'Nou, daar heb ik best wat voor over,' zei ik.

'Nu zit het zo,' zei de jongen, 'ik heb nog veel meer mogelijkheden, want onder mijn jack bij mijn nek heb ik een tamme rat zitten en die kan ik ook kunstjes laten doen en dat is verschrikkelijk lachen en dat kan ik u ook laten zien, als u er wat voor over hebt tenminste...'

'Ja hoor, daar heb ik ook wel wat voor over...'

'En dan ben ik er nog niet,' zei hij, 'want dan heb ik hier nog een koffer en daar zitten strips in, die heb ik zelf getekend en verzonnen en dat is ook lachen en die mag u zien, als u er wat voor over hebt tenminste...'

Deze keer knikte ik alleen maar.

'Nou ja en dan als klap op de vuurpijl kan ik u nog een mop vertellen waarin u zich bescheurt van het lachen... óók als u d'r wat voor over heeft tenminste.' Hij keek me afwachtend aan en ik begreep dat het moment van zakelijke onderhandelingen was aangebroken.
'En wat gaat me dat allemaal kosten?' vroeg ik.
'Dat kost u ƒ 1,75 all in...'
'En wat bedoel je met "all in"?'
'Daar zitten de brokjes bij voor Truus, want die doet het ook alleen maar als ze een brokje krijgt en het papier van de strips en nou ja noem maar op, zo'n koffer slijt ook op de duur enne... mijn hoge hoed die ik weer nodig heb voor m'n rat z'n kunstjes, heeft ook niet het eeuwige leven... nou ja goed, all in is dat, inclusief slijtage van de pannenlap.'
'De pannenlap?' want dat was nieuw voor mij.
'Ja, de pannenlap... heb ik weer nodig voor m'n rat, daar zit hij op want anders glijdt die uit op de koffer...'
We maakten een deal en ik moest voor mijn deur op de grond gaan zitten. De koffer werd voor me geplaatst, de pannenlap er op gelegd en de tamme rat uit zijn schuilplaats gelokt.
Het jongetje spuugde op de top van zijn wijsvinger en hield de schuimbelletjes zó hoog boven de rat, dat deze op zijn achterpootjes moest gaan staan om ze op te likken. 'Zo, dat was kunst no 1,' zei hij, 'krijg het maar 'es gedaan bij een rat. Ik zal het nog 'es doen, goed kijken en dan beweeg ik mijn hand in de rondte en dan loopt hij dus een rondje over de pannenlap...'
Het jongetje voerde uit wat hij zei, maar de rat had daar geen zin in. 'U moet ook stil zitten,' gaf het jongetje mij de schuld, 'dat beest wordt afgeleid...'

'Ja maar, ik zit stil...' zei ik.

'Niet stil genoeg...' Hij probeerde het nog eens, maar de rat vertikte het. 'Hij is bang voor u,' zei het jongetje. 'Nou dan kan ik de kunstjes met de hoed ook wel vergeten...' Hij pakte de rat op en stopte hem in zijn nek onder z'n jack. 'Het is uw schuld, hij is bang voor u, we gaan nu over op de kunstjes met Truus...'

Bij het horen van haar naam blafte Truus viermaal zeer hard. 'Hoort u,' zei haar baas, 'ze kan tellen, ze telt tot vier.' En hij gaf haar een brokje. Dat was voor Truus aanleiding om tweemaal luid te blaffen. 'Dat was twee...' zei de jongen, 'alsjeblieft, een brokje.' Vervolgens blafte Truus geheel uit eigen initiatief zesmaal.

'Nou telt hij tot zes, bewijs: Truus kan tellen... Knap Truus... een brokje.' Maar Truus was al langs zoveel deuren geweest, dat ze geen brokje meer kon zien, ze wendde haar kop af, viel toen als een blok op de grond en legde haar kop op de koffer.

'Truus heeft er geen zin meer in,' zei ik.

'Nee, ze is ook bang voor u... kom maar hoor Truus... kom maar bij de baas... Bij sommige mensen heb je dat hè, dan vertikken ze het om kunstjes te vertonen maar dat ligt aan die mensen, niet aan hun.'

Hij sloeg het deksel van de koffer open. 'Strips...' zei hij, 'terwijl u kijkt, zal ik alvast die mop vertellen... wilt u die van die kikker horen?'

'Ja, van die kikker,' zei ik, 'dat is wel goed...'

'Nou, d'r was 'es een professor en die experimenteerde met een kikker en hij zei: Spring, en die kikker sprong en toen zei hij: Conclusie: een kikker met vier poten springt. Toen hakte hij een pootje er af en hij zei: Spring. En die kikker sprong en toen zei die Conclusie:

een kikker met drie poten springt. En toen hakte hij er weer een pootje af en hij zei: Spring. En die kikker sprong en toen zei hij: Conclusie: een kikker met twee poten springt. En toen hakte hij er weer een pootje af en toen zei hij: Spring. En die kikker sprong en toen zei hij: Conclusie: een kikker met één pootje springt. En toen hakte hij weer een pootje er af en toen zei hij: Spring. En die kikker sprong níet en toen zei hij: Conclusie: een kikker zonder pootjes is doof...

Zo... dat was het en terwijl u lacht ruim ik de boel op, want het begint te waaien en mijn strips waaien weg en we moeten nog afrekenen ook en anders wordt het veel te laat en bovendien moet Truus even naar het weitje...'

Met de hoge hoed op, de koffer in zijn hand, mijn ƒ 1,75, de tamme rat in zijn nek onder zijn jack en de gediplomeerde, hijgende Truus dicht tegen zijn knieën aan, ging het jongetje het tuinhek door. Ik kan me vergissen, maar ik dacht dat hij zei: 'Nou, kalm nou maar Truus, rustig maar... zó eng is dat mens nou ook weer niet...'

Krijgen we nou...

De negende verjaardag van Alwien komt naderbij en daarmee ook Het Probleem: wat zullen we haar geven... Met grote vasthoudendheid werpt zij jaarlijks haar liefste wens op tafel: een viervoeter, die tot aan haar knieën moet reiken en met het verglijden der tijden een schofthoogte heeft gekregen van een uit de kluiten gewassen terriër. Met een marmotje kan ik haar niet meer afschepen, die heeft ze trouwens al, een poes is inmiddels onder de maat en vormt tevens een bedreiging voor de losvliegende parkieten.

Als ik consequent doordenk, zit ik over enkele jaren vast aan een Deense dog, zodat het mij verstandiger lijkt de boot niet langer af te houden en een 'hondje' voor Alwien te kopen.

Voor de zekerheid ga ik even naar het asiel, want misschien is daar een reeds opgevoed diertje, dat te oud is om mijn kwade eigenschappen over te nemen en zowaar, mijn hart wordt gestolen. Een grote zwarte bastaardherder, vier jaren oud, legt zijn kop dwingend tegen mijn knie en ik besluit dat hij – hoewel te groot en niet beschrijvend aan mijn voorstelling – onze nieuwe huisgenoot zal worden.

Alwien is door het dolle heen. 'Luna' – zo heet meneer, sinds hij bij ons een voet over de drempel heeft gezet – wordt afgeknuffeld en sluit ogenblikkelijk vriendschap met alles wat kind en dier is in huis. Snuffie de marmot wordt schoongelikt en als jong geadopteerd, doch met de parkieten zijn er nog aanpassingsmoeilijkheden. De eerste kennismaking verloopt teleurstellend,

Luna steekt zijn neus in de kooi van Peertje en krijgt zijn verdiende loon: een venijnige pik. Hij komt jankend bij mij en beklaagt zich over deze onheuse behandeling, maar ik zeg hem dat hij geduld moet hebben en vooral niet zo moet roddelen. Kop op Luna, de verschrikkingen gaan voorbij.

Tot ieders verbazing LUISTERT Luna naar wat hem gezegd wordt. 'Ga liggen, ga zitten, kom hier,' wordt ogenblikkelijk opgevolgd. Hij weet nog niet dat dat bij ons thuis niet zo'n vanzelfsprekende zaak is.

Maar Luna kan nog meer. Zijn vroegere baas heeft hem kennelijk geleerd de deur te openen wanneer er gebeld wordt en daar maak ik – met mijn tien meter gang – dankbaar gebruik van. Lui op mijn stoel gezeten zie ik toe hoe Luna zich afsloot om de diverse bezoekers naar binnen te kwispelstaarten. Soms neemt hij echter niemand mee, hetgeen betekent dat ik mij moet verheffen om de zaak aan de deur af te doen.

Van uniformen moet Luna weinig hebben. Wanneer hij met zijn staart tussen zijn poten naar mij toe sluipt, weet ik dat het Leger des Heils mij een afgevaardigde heeft gezonden, mogelijk ook staat de marine of de politie voor mijn deur.

Voor Luna is dat allemaal één pot nat en net als Don Quichotte ziet hij de molens voor reuzen aan, met dat verschil dat hij niet van plan is er tegen te vechten. De meneer die het gas moet 'opnemen', schrikt zich het apezuur wanneer er door Luna wordt opengedaan. Hij roept vertwijfeld: 'Het gas, mevrouw, hou die hond binnen...'

Ik kom er al aan en troost Het Gas. 'Die hond doet niets meneer, hij is doodsbang voor een uniform.' Maar het Gas blijft achterdochtig op de stoep staan. 'Dat komt goed uit,' zegt hij, 'hou 'em dan maar dáárzo, want ik ben bang voor een hond...'

Natuurlijk komt ook Martha kennismaken met de hond van haar vriendin. Ze ploft onelegant bij hem neer en roept: 'Liggen...'

Luna luistert, maar niet voldoende naar Martha's zin. 'Dóódliggen...' zegt ze, 'net als mijn hond, die kan dat ook...'

Luna kwispelt heftig en tilt zijn kop op.

'Nee, dóódliggen... én doodblijven... krijgen we nou...'

Luna schuifelt op zijn buik om Martha heen, maar die wijst resoluut met haar vinger op de grond. 'Dóód... én gauw... krijgen we nou...??'

Ze drukt Luna plat op de vloer en gaat dan staan. Zodra hij zich verroert zegt ze weer bars: 'Dóód... krijgen we nou...'

'Joh...' zegt Alwien, 'hij weet niet wat dat is, laat em nou maar...'

'Niks laat 'em nou maar, luisteren zal die, dóód zeg ik, doodliggen... én gauw...'

Gefascineerd volg ik op enige afstand, hoe Martha hem ten slotte bewegingloos op de grond krijgt. 'Zo,' zegt ze voldaan, 'ga nou maar staan, brave hond ben je, stáán zeg ik...'

Luna staat op en loopt kwispelend naar Alwien die hem bemoedigend op de rug klopt.

'Ja, kijk uit hoor...' zegt Martha, 'onder de duim houden, anders wordt het een kreng van een beest...'

Ze lopen samen met Luna naar boven. Op de trap hoor ik ze bespreken wat ze zullen gaan doen.

'Zullen we met m'n nieuwe spel?' zegt Alwien, die met een verjaardag achter de rug wel wat te bieden heeft.

'Oké...' zegt Martha, 'maar wat moet Luna dan...?'

'O, die gaat wel kijken, doet die altijd...'

'Ja, dat heb je met zo'n beest hè, die van mij ook, die kan ook alleen maar kijken, mijn moeder zegt ook: ik wou dat die maar een boek kon lezen, van dat geloer de hele dag word ik zo langzamerhand stapelgek... Vooruit Luna liggen... én dóód... krijgen we nou...'

Die ouwe met dat gekke beest

Als je een hond hebt, ontmoet je nog eens iemand.

In de Bosjes van Poot loop ik – met een das tot onder mijn neus, handen in m'n zakken, geitenwollen sokken in harige zevenmijlslaarzen – kleumig rond te banjeren. Geen mens is zo gek om met dit weer het bos in te gaan. Alleen hondenbezitters met een 'in-de-gootfrustratie' doen dat. Maar ja, die worden door sommigen ook niet meer als mens gezien.

Bij het heuveltje, waar straks de salomonszegel en de judaspenning weer in bloei zullen staan, ontmoet ik een ouwe baas, net als ik mallotig in de kleren. Hij heeft een hond bij zich waar de honden geen brood van lusten. Een soort kruising tussen een poedel en een boxer met in het voorvaderlijke tijdperk waarschijnlijk nog een slippertje van een tekkel en een dalmatiner. Enfin, het beest heeft er geen last van want hij is net op tijd bij zijn moeder weggehaald.

'Zo dametje...' groet de ouwe baas, 'als je die kant uitgaat, loop ik een stukje met je mee...' Dat zal je gezegd worden zónder die honden er bij, dan vlieg je meteen alle bomen in. Mét die honden is het een heel normale zaak. Wildvreemde mensen die elkaar op de Dam straal zouden negeren, ontmoeten elkaar met hun hond in het bos. Naamloos – want ze zijn 'Die meneer met die herder', 'Die mevrouw met die zwarte hond' en 'Die ouwe met dat gekke beest' – staan ze bij weer en geen weer hun wel en wee uit te wisselen. De spontaanste vorm van groepstherapie. Het begint bij het achterpootje van Fikkie en het eindigt bij de slapeloosheid van Fikkie z'n baas. Er wordt eindeloos geluisterd, niemand heeft haast, want Fikkies moeten nu eenmaal lekker rustig kunnen plassen. Het ouwe baasje tuint met me mee. 'Zo kom je nog 'es buiten,' zegt hij, 'als ik hém niet had, dan had ik nou op m'n stoel voor het raam gezeten... Ik heb hem vier jaar geleden uit een asiel gehaald, want ik moest geen jong beestje. Het was liefde op het eerste gezicht... enfin, gekeurd en ingeënt en de volgende dag kon ik hem halen. Vijftig gulden heeft die nog gekost, nou, ik zie het er niet van af, maar even zo goed een aardig beestje. Mijn vrouw is er gek mee, we hebben altijd een hond gehad en die laatste, die Tommetje dan, die kreeg last van z'n nieren, moest worden afgemaakt, dat was een hele klap. Huilen m'n vrouw en huilen... Ik zeg: Ik ga een ander beestje halen. En zij: Nee, doe nou maar niet, want we zijn al zo oud en we kunnen niet weer met een hond beginnen... Of ze het gevoeld heeft, hè m'n vrouw... Ik zeg: Je moet altijd optimistisch blijven, wat is hedentendage 75 jaar... Ik zeg, we nemen d'r een die wat bejaard is, dan gaan we samen de laatste loodjes in. Uiteindelijk hebben we dus hém genomen en ook weer Tommetje genoemd en ik hem dus halen uit het asiel en hij loopt regelrecht naar een geparkeerde auto toe. Ik zeg: Hé... wat denk jij nou... we hebben geen auto, ik heb geeneens een rijbewijs... we zijn met de benenwagen... Enfin, hij meelopen naar huis en we zijn helemaal gek van hem. En hij van ons, van m'n vrouw helemaal... en wij hem overal mee naar toe nemen, want alleen thuis blijven, dat kan die niet. Hij jankt de hele straat bij elkaar. Hij heeft een neurose, zegt de dierendokter, bang dat die nog 'es door z'n baas wordt verlaten. Nou ja... toen m'n vrouw nog thuis was was het geen punt, maar nou is ze in een tehuis, want het ging niet meer langer. Het kwam ineens. Ze is niet ziek geweest of wat... inéens... onbegrijpelijk gewoon... Beroerte, zei de dokter... halfzijdig verlamd, maar meestal komt daar nog een heleboel van goed. Eerst naar het ziekenhuis, maar daar kon ze niet blijven. Ik denk, ze mag naar huis natuurlijk, een beetje hulp er bij van het Groene Kruis... maar niks d'r van. De dokter met me praten en nog een specialist er bij. En zij me zeggen dat het echt niet kan, want ze moet Revalidatie, anders wordt het steeds erger... Enfin, uiteindelijk zag ik het ook wel in... enfin, nou zit ze dan...

Ik kan d'r opzoeken, dat wel, ach je doet van alles, maar ja ze wordt toch slechter hè... En dat tehuis... mevrouw, het is het ergste wat er is... Heus, d'r zijn heus wel lieve zusters bij, maar de meesten die dóén toch maar met je... Als je oud bent, je telt toch niet meer mee. Ze denken: Laat dat mens maar zitten, laat ze maar roepen, terugdoen kan ze toch niks... Soms, als ik m'n vrouw kom opzoeken, is ze helemaal nat. Wel tienmaal geroepen dat ze naar de wc moet, maar niemand komt haar helpen. Of ze schreeuwen even om de hoek: Ik ben bezig, wilt u even wachten?

En dan het eten... Ze krijgt zó'n bord voor d'r neus en ze heeft geen trek, ze krijgt het niet naar binnen... Maar ze móét. Ze proppen het gewoon in d'r mond. Ja, sommige zusters zijn echt wel lief, dat zijn meestal die donkere vrouwtjes. Ze hebben altijd wat op Surinamers te zeggen, maar dit wil ik toch wel even kwijt, als het om verzorgen gaat en om medegevoel, dan krijgen die donkere wijfies een 10 van mij...

Ik ga dus iedere dag naar m'n vrouw, uur heen, uur terug en twee uur zitten en dan vraagt ze me over Tommetje, maar ja, dat is ook een probleem, want die kan niet alleen blijven thuis vanwege die neurose. Maar daar heb ik inmiddels al wat opgevonden, want hij is toch autogek nietwaar? Kijk, ik doe het zo... eerst 's ochtends met hem lopen en dan naar huis, opruimen enzo en een boodschap doen, dan is het inmiddels tegen enen en dan stop ik Tommetje in de ouwe eend. Kom Tommetje, zeg ik dan, we gaan een endje rijen en hij – helemaal autogek – hij met me mee naar buiten. En dan heb ik voor de deur een ouwe eend, die niet meer vooruit kan of achteruit, voor ƒ 150 op de kop getikt, daar doe ik de deur open en hup... Tommetje springt er in. Bakkie water er bij, raampje open, deurtje dicht. En ik kan rustig naar m'n vrouw, want Tommetje denkt: Strakkies gaan we rijden... Hij blijft vier uur zitten wachten tot ik terugkom, lekker slapen op de achterbank en niks geen neurose hoor, mijn buurman zegt ook: Niks geen neurose, hij blaft niet ene keer. En als ik terugkom doe ik de deur van de Eend weer open, Tommetje springt er vrolijk uit en hij denkt: Verdomme, ik ben in slaap gevallen tijdens het rijen...

Als m'n vrouw d'r goeie dag heeft hé, dan kunnen we daar samen zo'n schik om hebben, dan zegt ze: Ik zie het voor me... Tommetje die z'n eigen auto heeft... en dan rollen de tranen over d'r wangen van het lachen en dan denkt ze d'r eventjes niet aan dat ze strakkies zó'n bak met eten krijgt, wat ze niet lust en datte ze toch in d'r mond gaan proppen...'

Laten stomen, – geloof ik – ...

Omdat tante Greet een parkiet heeft die behalve zijn eigen naam ook nog die van vele bazen kan zeggen, plus nog ettelijke opdrachten, volzinnen en wat al niet meer, moesten wij er ook één.

Kooitje gekocht, baby-parkietje erin en de dressuur begon.

Johanneke (9) had een systeem bedacht dat, als je het maar lang genoeg kon volhouden, absoluut resultaten moest afwerpen. Wij moesten om beurten met de parkiet in de hand zitten en zijn naam 'Peertje' roepen. Zelf had ze daar natuurlijk geen tijd voor, maar zo nu en dan kwam ze controleren of er wel iemand met Peertje bezig was.

Peertje was na twee dagen de luier ontgroeid en liet zich op de verschillende hoofden en schouders blasé door het huis vervoeren, zodat alle ramen en deuren dicht moesten en het al spoedig een bedompte beweging werd.

Als ik per ongeluk tóch iets opendeed, werd er direct gegild: 'Dicht, Peertje zit op mijn hoofd,' zodat ik vrijwel meteen mijn vingers ergens tussen klemde.

Totdat Peertje, de vierde dag van zijn verblijf bij ons, in de jus viel. We hadden juist gegeten en het diertje streek op de tafel neer om eens poolshoogte te nemen en voor hij het wist lag hij languit in de jus die gelukkig een lekkere temperatuur had. Wat nu???

Een lauw badje kon nauwelijks helpen en het dier zag er zo miezerig en meelijwekkend uit dat we allemaal het gevoel kregen iets te MOETEN doen. Peertje werd zo goed en zo kwaad als het kon afgedroogd en in zijn kooitje gezet. Straalkacheltje ervoor en natuurlijk de hele kinderwacht.

Mariek kwam met de verbanddoos aan en keerde die domweg om naast de kooi.

Johanneke:	'Dit is voor als je koppijn hebt, nou, dat heb je niet, als je in de jus valt.'
Mariek (7):	'En dit is tegen insecten, nou, hij is zélf een insect.'
Alwien (4):	'Zalle we d'r een pleister op doen?'
Mariek:	'Maar als die nou tóch koppijn heeft?'
Johanneke:	'Zeker als je in de jus valt...'
Alwien:	'Zalle we d'r een pleister op doen??'
Mariek:	'Jodium! Mamma doet er ook jodium op als ik op mijn knie val, dan komt er ook vet uit.'
Johanneke:	'Oordruppels... hebben we niks aan...'
Alwien:	'Hé!... Zalle we d'r een pleister op doen?'
Mariek:	'Hij heeft niet eens oren.'
Johanneke:	'Je moet 'es met je neus in die kooi gaan, hij ruikt naar gebakken kip joh...'
Mariek:	'Ja kip!... Lekker...'
Alwien:	'Hé!!... Zalle we d'r een pleister op doen???'
Johanneke:	'Neusdruppels helpen ook niet tegen vet.'
Mariek:	'Dampo ook niet.'
Johanneke:	'Gewoon met Vim dan?'
Mariek:	'En dan met jóuw tandenborstel boenen.'
Johanneke:	'De jóuwe maar, die is zachter.'
Mariek:	'Van Alwien is nóg zachter.'
Alwien:	'Hééé... zalle we d'r een pleister op doen???'

Neusdruppels, Dampo en de hele rataplan terug in de verbanddoos en allemaal óp naar de badkamer om maatregelen te nemen, alwaar ik nog juist de bus Vim kon ontfutselen. 'Néé, want Peertje moet drogen en slapen en morgen zullen we verder zien. Bovendien is het tijd om naar bed te gaan.'

De volgende dag zat Peertje plakkerig op zijn stokje zwaarmoedig voor zich uit te turen. Echt iets om een kinderziel te vermoorden.

Plotseling stond er een klein jongetje voor het raam.

'Hé, Paul!' riep Johanneke, 'Peertje is in de jus gevallen, kijk maar, (kooi erbij) érg hè, hij is al gewassen, maar het helpt niet.'

Paul drukte zich bijna door de ruit en keek somber. 'Mijn vader is laatst ook in de jus gevallen,' zei hij, 'geblèrd dat hij heeft...'

'Is-ie niet dood gegaan?' vroeg Mariek.

'Welnee,' zei Paul, 'hoe kan dat nou, hij moet toch naar kantoor?'

'Was-ie ook zo plakkerig?' informeerde Johanneke.

'Nou,' zei Paul, 'mijn moeder zei dat hij voortaan beter uit zijn ogen moest kijken als die met de jus liep en toen heeft ze wat gedaan...'

'Wat dan?' (Mariek)

'Zijn pantoffels waren glad en nou heeft die nieuwe, heeft mijn moeder gekocht, kan die niet meer uitglijden...'

'Ja,' zei Johanneke, 'maar wat heeft ze met je vader gedaan, om het vet eraf te krijgen.'

'Och,' zei Paul en hij maakte aanstalten weg te gaan, 'dat weet ik niet meer hoor, dat moet je maar aan mijn moeder vragen... laten stomen, geloof ik...'

En toen begonnen mijn dochters tegen mij een opgewonden door-elkaar-heen verhaal over de moeder van

Paul, die wist, hoe ze het vet uit Peertje kon krijgen (ga maar vragen mam) en over de vader van Paul, die ze had laten stomen en die nu op nieuwe pantoffels met de juskom liep...

Janboel

Ik krijg een telefoontje of ik thuis wil blijven vanmorgen, want de monteur van de wasmachine komt langs. Ik tracht de zaak nog naar de middag op te schuiven, maar de stem doet zeer teleurgesteld: 'Nou probeer ik u al zo snel mogelijk te helpen en nou is het nóg niet goed...'

Ik geef toe, de mensheid is ondankbaar en ik beloof... enfin, daar zit ik dan, te wachten op de monteur. Een eindje verderop – voorbij een bocht in de straat – zit er weer iemand op mij te wachten. Een lieve dame zonder telefoon, maar mét iets aan haar been, waardoor ze een oversekst schreeuwhondje niet kan uitlaten. En dat zou ik dan doen. Zo omstreeks tien uur, later niet, want de oversekste schreeuwerd kan beslist niet wachten. Het is waarachtig al kwart over tien en mijn bloedeigen Luna kwispelt om me heen, bekijkt me met zijn schuine logge kop en voorspelt dat het nu toch niet lang meer kan duren. Hoe leg ik het hem uit – hoe vertel ik het mijn hond – van die monteur, van die dame, van die oversekste... hoe krijg ik hem zover dat hij net als ik gewoon gaat zitten wachten.

'Luna,' zeg ik, 'denk nou eens niet aan jezelf, die arme mevrouw begrijpt niet waarom ik niet kom, ik kan haar niet opbellen en ik kan jou niet met een briefje sturen, want jij bent te stom.' Waanzinnig van vreugde rent Luna naar het raam, want stom-dom-kom, het is allemaal om het even... Kom – poes – mee – eten – uit... zeg één van die woorden en Luna rent naar het raam om daar voor de zoveelste keer met zijn neus in de cactussen te vallen.

Als ik hem kom beklagen, zie ik aan de overkant de postbode voorbijgaan. De postbode! Wacht even... die kan me helpen! Want hij komt langs mijn huis en daarna langs het huis van de lieve dame. Als ik dus snel een briefje schrijf en ik vraag aan de postbode of... het ei van Columbus... Ik frutsel een briefje in elkaar en 'Ach meneer, zoudt u zo vriendelijk willen zijn om dit briefje op no. 28 af te willen geven? U komt er immers tóch langs, nietwaar?' Maar zo simpel ligt de zaak nu ook weer niet. De postbode zet zijn tas op de grond en kijkt mij aan, sprakeloos over zoveel onbegrip. Ik verduidelijk nog even: 'Ja, want ik kan niet weg en op no. 28 woont etc. etc... en als u nou dat briefje afgeeft, dan...'

De postbode plaatst één hand in zijn zij en kijkt me aan met uiterst gekwetste ogen. Geen woord heeft hij voor me over, geen beweging, geen zucht. Ik voel me belachelijk, trek mijn hand met het briefje een beetje terug en mompel iets van: 'Nou ja, prut... ouwe dame, prut-prut... en u kunt toch wel even prut-prut-prut...'

Maar nu wordt hij boos. 'Moet u 'es goed luisteren,' zegt hij, 'ik ben in DIENST van de PTT.... ik krijg daar een SALARIS... Dit hier is mijn wijk en ik zorg dat iedereen de goeie brieven krijgt. Dat is verantwoordelijk werk, begrijpt u... en nou moet u mij niet in de maling gaan nemen met zo'n vodje papier dat ik ergens af moet geven... D'r zit nog niet eens een fatsoenlijke enveloppe om heen... geen enveloppe en geen postzegel ook...'

'O,' zeg ik, 'maar ik wil er best een postzegel...'

'Nee,' valt hij in, 'want dan is die weer niet gestempeld... en dat kan niet... een postzegel die niet gestempeld is, dat kan niet... hij móét gestempeld zijn...' Definitief steek ik het briefje in mijn zak. 'Ja, ja...' zeg ik, 'het is maar goed dat er regels zijn, want wát een janboel zou het anders worden...'

'Precies,' zegt hij, maar hij kijkt me toch ietwat vertwijfeld aan. Hij pakt zijn tas weer op en snuffelt in zijn brieven. '170... 168... 166... klopt...' zegt hij, '164... 162... 160... klópt...' Tevreden loopt hij naar het volgende nummer... hoewel... tevreden... hij kijkt toch even naar me om met iets van stomme verbazing in zijn ogen. Dezelfde verbazing die ik even later in de ogen van Luna lees: 'Hoe zit dat nou?? We gaan toch zeker uit?? We gaan toch ALTIJD uit om deze tijd??'

'Nee, Luna,' zeg ik, 'vandaag wordt het gewoon iets later, ik moet wachten op de monteur...'

Luna sukkelt achter mij aan en als hij ziet dat ik een boek neem, laat hij zich verslagen aan mijn voeten vallen. Zijn kop op zijn poten. Zijn ogen verontwaardigd op mij gericht. 'Ja, ja...' snuift hij, 'als er helemáál geen regels zijn, dan wordt het wél een janboel in de wereld...'

Willemien

Aan het eind van onze straat bevindt zich een supermarkt, tot ergernis van zeer veel buurtbewoners. Behalve door lawaai en overlast door in de steek gelaten winkelwagentjes, worden de bewoners op koopavonden en 's zaterdags geplaagd door het steeds toenemende verkeer. Van heinde en ver schijnen kooplustigen naar deze supermarkt te komen. Voldoende parkeergelegenheid is daar echter niet. Het gevolg is een door elkaar heen toeterende sliert auto's in een weliswaar brede, doch bochtige en onoverzichtelijke straat. De zijstraten staan ook al dicht geparkeerd en bovendien zijn ze zo smal dat je elkaar nauwelijks kunt passeren.

Vandaar dat de mensen steeds harder gaan toeteren en steeds kribbiger gaan doen tegen elkaar; de eens zo vriendelijke straat is een broeinest voor ruziezoekers geworden.

Als ik zaterdagmorgen met mijn mandje de deur uit kom om bij bakker en melkboer mijn boodschappen te halen, zie ik praktisch geen kans om de straat over te steken. Als ik één stap van de stoeprand af ga, moet ik direct weer terugspringen omdat er van links en van rechts fietsen, bromfietsen en auto's langs scheuren.

De enige oplossing is: met een paar man tegelijk 'doordouwen', het verkeer is dan wel verplicht om vaart te minderen, want zes mensen in één klap doodrijden loopt zo in de gaten.

Op dit stukje grond, waar de nerveuze techniek van onze eeuw de scepter zwaait, is gisteren een klein natuurwonder geschied.

Er bevinden zich namelijk een vijver en een sportterrein – omringd door een sloot – een honderd meter links en rechts van genoemde straat. Dat is bijna niet voor te stellen en toch is het zo. De vijver ligt weer in een park, waar moeders met kinderwagens lopen, peutertjes met ballen spelen en stoere mannen met hengels zitten. In de vijver zwemmen eigenwijze eenden die voor niemand bang zijn en meteen op de wal kruipen als ze broodstrooiers vermoeden – evenals de eendjes in de sloot rond het sportterrein. Wanneer ik mijn schrijfwerk beu ben, pak ik wat brood uit de trommel en ga ik ermee naar sloot of vijver, en vooral wanneer er kleine eendjes zijn, knap ik daar enorm van op. Dat wollige spul in het water, dat maar om zich heen hapt, heeft op mij dezelfde invloed als een kop koffie op een bloeddonor.

Zo heb ik langzamerhand mijn eendjes leren kennen. Er zit een manke bij en ook een met een kale nek en een stuk of wat heb ik een naam gegeven: Pietertje, Eppie en Willemien.

Vooral voor Willemien heb ik een zeer zwak plekje in mijn hart. Zij is namelijk werkelijk koninklijk – vandaar haar naam –, zij zal nooit hebberig naar mij toe komen om haar portie op te eisen, zij zwemt op afstand kleine rondjes en wacht geduldig tot haar iets toegeworpen wordt.

Zelfs dan slokt ze het brood niet meteen op. Ze kijkt even naar mij of ik misschien ook mes en vork zal gooien, maar als dat niet gebeurt, behelpt ze zich op waardige wijze met wat moeder natuur haar nu eenmaal heeft toebedacht.

Een paar weken geleden trof ik mijn Willemien omringd door kleintjes in de vijver aan. Zij was duidelijk op zoek naar een kinderjuf, zoals paste bij haar status van majesteit; voor brood kon zij vooralsnog geen aandacht hebben.

Doch zelfs voor een majesteitelijke eend is het in onze maatschappij moeilijk om hulp in de waterhuishouding te vinden. Vandaar dat Willemien er tobberig en sloverig uit begon te zien. Humeurig pikte zij in het haar toegeworpen brood en tijd om haar juwelen om te hangen had ze helemaal niet meer. Het was duidelijk, dat iemand zich het lot van Willemien moest aantrekken, doch haar ministers hadden het te druk met eigen broodzaken. Arme Willemien... ze werd nerveuzer en opvliegender. Het kon niet uitblijven, er móést een crisis komen. En die kwam... Op zaterdagmiddag, toen de straat met de supermarkt zijn grootste drukte beleefde.

Willemien had er genoeg van. Luid schreeuwend stapte ze uit de dichtbevolkte vijver, haar bolletjes wol achter zich aan. In paniek rende ze het gras over naar de straat en stak die zonder meer over. Via een grasstrook en nog wat begroeiingen belandde ze bij de straat met de supermarkt. Intuïtief wist ze dat ze die hel door moest om bij de rustige sloot te komen. En rust was het enige dat haar nog redden kon.

Niemand had haar echter geleerd hóé ze moest oversteken, want majesteiten worden altijd gehaald en gebracht. Daarom moest ze alweer varen op het kompas van haar eigen intuïtie. Ze kwetterde haar kleintjes achter zich aan, klemde haar voetjes om de stoeprand, KEEK NAAR LINKS, KEEK NAAR RECHTS, KEEK NAAR LINKS en trok met haar hele hebben en houwen de straat over. Van pure verbazing lag het ganse verkeer lam...

Gekookt en dan dood...

Zo... Mariek is weer thuis. Drie weken heeft ze in het ziekenhuis doorgebracht. '...Een hoog bed joh... en hárd... maar wel lekker met wielen en onder mijn nachtpon een flanellen hemd, net zo hard als dat bed, maar dan stikheet...' Terwijl ik haar tas ontdoe van prentbriefkaarten, poppetjes en wat ze al niet meer heeft gevangen in die weken, ben ik getuige van de eerste minuten thuis.

Johanneke:	'En kreeg je toen zo'n kap op je neus??'
Mariek:	'Ja joh... vies joh... dan moet je tellen en ineens val je dan ergens in... in schuimrubber ofzo...'
Alwien:	'Toch niet écht...?'
Johanneke:	'Nee natuurlijk niet echt... en wat tóén?'
Mariek:	'Nou, toen sliep ik en toen ik wakker werd had ik een pijn...'
Alwien:	'In je oor...?'
Johanneke:	'Nee natuurlijk niet, in d'r buik.'
Alwien:	'Ik heb altijd in mijn oor...'
Johanneke:	'Stil nou... en tóén?'
Mariek:	'Toen kreeg ik steeds prikken.'
Johanneke:	'Laas-zien... waarzo...?'
Mariek:	'Hierzo...'
Johanneke:	'Oóóóh...'
Alwien:	'Nou... een oor doet óók pijn hoor...'
Mariek:	'En kijk... hier in mijn arm... ook prikken... haalden ze bloed uit...'
Johanneke:	'Waarom?'
Mariek:	'Daar keken ze in.'

Alwien: 'In mijn oor kijkt die ook... hé... luister nou... in mijn oor...'
Johanneke: 'En wat zagen ze dan?'
Mariek: 'Eh... ik wee-nie-meer – ik geloof... eh... bééstjes...'
Alwien: 'Kikkervisjes???'
Johanneke: 'Ha-ha...'
Alwien: 'Nou... Paul heeft ook kikkervisjes...'
Johanneke: 'Ja, in een bák... niet in zijn bloed...'
Alwien: 'En die eten tomaat... hé Mariek... die eten... hé... luister nou...'
Johanneke: 'En mocht je helemaal je bed niet uit?'
Mariek: 'O ja... ik mocht de zuster helpen en meneer Leentje.'
Johanneke: 'Wie is meneer Leentje?'
Alwien: 'Hé... luister nou... die eten tomaat... hé... Mariek... en sla...'
Mariek: 'Die maakt schoon en dan gaat die de bedden rollen... leuk joh.'
Johanneke: 'En mocht jij helpen?'
Mariek: 'Ja joh... de bedden rollen...'
Alwien: 'Hé... en dan kruipen ze helemaal dóór die tomaat...'
Mariek: 'En ik ben uit mijn bed gevallen een keertje.'
Johanneke: 'Vertel 'es – vertel 'es...'
Mariek: 'Hi-hi... ik wou een... hi-hi... ik wou een kussen gooien...'
Alwien: 'Maar van Paul zijn ze doodgegaan... hé... luister nou... van Paul...'
Johanneke: 'Hou nou op met dat gelach... zég nou...'
Mariek: 'Hi-hi... een kussen gooien... naar dingetje... en toen... hi-hi...'

Alwien: '...Want Paul heeft ze op de centrale verwarming gezet... in de zon... hé... Paul heeft ze...'
Johanneke: 'En tóén... zeg nou Mariek...'
Alwien: '...óp de centrale verwarming... en toen zijn ze gekookt zegt zijn moeder... gekookt en dan dood...'
Johanneke: 'Hou nou 'es op over die rot kikkervisjes, ik kan niks horen... en tóén Mariek... en tóén...???'
Mariek: 'Hi-hi-hi-hi...'
Alwien: 'Nou... dat is érg hoor... gekookt en dan dood...'
Mariek: 'Hi-hi-hi-hi...'
Johanneke: 'Hou je nou op met dat gelach... wáár kwam dat kussen tegen??'
Mariek: 'Hi-hi-hi-hi...'
Alwien: 'Hi-hi-hi-hi... Wat is er...??'
Johanneke: 'Nou, ik wil het niet eens meer weten, hoor... dág...'

Johanneke met grote stappen weg. Zo te zien om ergens brand te gaan stichten. Mariek is weer thuis. En alles is weer gewoon... Heel gewoon...

In memoriam Peertje

Peertje de Parkiet is acht lange jaren onze huisgenoot geweest en we denken nog met veel plezier en een tikkeltje weemoed terug aan onze kleine vriend. Lief en leed heeft hij met ons gedeeld. Vooral veel kinderleed, want zodra er huiswerk gemaakt moest worden, was Peertje van de partij. Hij gaf de voorkeur aan 'hardop leren'. Dan vloog hij meteen op de schouder van het desbetreffende kind en toeterde alles na wat hij hoorde. Als er 'rijtjes' geleerd moesten worden, was hij in zijn element, want die werden nogal eens gerepeteerd en aan zijn gezicht kon je zien dat hij dacht: 'Dáár heb ik tenminste wat aan...' Zittend op zijn open deurtje oefende hij na de les zijn nieuw verworven kennis: Das Band, das Bild, das Blatt, das Brett, das Buch, das Dach, das Dorf, das Ei, das Glas, das Gut, das Haus undsoweiter, undsoweiter... Wanneer hij de kluts kwijtraakte, ergens tussen das Ei en das Haus, vloog hij kwetterend op, gaf een trap tegen zijn eigenste pingpongbal op de grond, vloog weer terug naar zijn deurtje en begon het rijtje van voren af aan.

Met de voorzetselrijtjes had hij ook nauwelijks moeite. An-auf-hinter-neben-in-ober-unter-vor en zwischen, schudde hij zonder meer uit zijn vleugels en voor: durch-für-ohne-um-bis-gegen en entlang, had hij slechts een smalend lachje over. Als vliegend grammaticaboek ging hij beslist een grootse carrière tegemoet en het duurde dan ook niet lang of er werd schandelijk misbruik van hem gemaakt.

De kinderen werden luier en luier en deden geen

moeite meer om de boel er in te stampen. Ze zeiden – indien nodig – alleen maar het eerste woord van het rijtje, waarna Peertje de rest opdreunde. Maar net als de mens wist Peertje van geen ophouden. Hij kon maar moeilijk aanvaarden dat men niet altijd op zijn hulp zat te wachten. Zodra hij boeken op tafel zag verschijnen, kwam hij zichzelf aanbieden. 'Das Band, das Bild, das Blatt, das Brett...' kwetterde hij. 'Ja, houd je snavel...' werd er dan geroepen, 'ik ben nóú bezig met Frans...' Maar Peertje ging door: 'Das Buch, das Dach, das Dorf...' 'Mámma...' werd er gegild, 'Peertje zit me te pesten, stop hem in de kooi...' Maar zo makkelijk was dat nou ook weer niet. Meneer was gewend zélf te bepalen wanneer hij zijn kooi in wenste. En voorlopig wenste hij niet. Hij was zijn (r)ijtje nog niet kwijt. 'Das Ei, das Glas, das Gut, das Haus...' en daar ging hij weer...

Het makkelijkste kreeg ik hem nog te pakken wanneer ik met zijn speelgoedjes ging spelen. Net als een kind had hij zijn eigen hoekje daarvoor. Zijn kooitje stond op een klein Spaans biezen stoeltje – de biezen had hij al lang kapot getrokken – en onder dat stoeltje hadden wij een speelhoek gemaakt. Aan de sporten hadden wij belletjes gebonden, een rammelaar, sleutelhangers en veel blinkend spul. Verder lag er een verzameling pingpongballetjes. Wanneer ik op de grond ging zitten en een en ander in beweging bracht, kwam hij onmiddellijk naar me toe om mee te gaan spelen. Het kostte me dan geen moeite om hem op de vinger te krijgen en hem over te laten stappen op zijn stokje. Maar als ik het deurtje achter hem sloot, voelde hij zich bedrogen en pikte hij razend zijn plastic poppetje dat we naast zijn spiegeltje hadden gehangen.

Ach ja... zo hebben we wat afgetobt met elkaar. Onze hond Luna weet daar van mee te praten. Hij kon zich niet voor de kachel laten vallen of Peertje verstopte zich in zijn warme hals. Waarschijnlijk met de bedoeling daar een nestje te bouwen. Een kriebelende aangelegenheid natuurlijk, waartegen Luna zich slechts krabbend kon verweren. Het onvermijdelijke gevolg daarvan was dat Peertje doortippelde naar Luna's voorhoofd om hem daar van katoen te geven. Nog steeds vertoont Luna's voorhoofd een klein kaal plekje. Een kaalgepikt plekje. Zijn verdiende loon.

Peertje werd oud en Peertje werd ziek. We gingen met hem naar de dokter en kregen druppeltjes mee. Om de drie uur een drup met een pipet. Bij toerbeurt verzorgden we hem gedurende een maand en toen was hij dood. Lief vogeltje.

Als ik bij mensen kom die parkietjes hebben, denk ik altijd: één daarvan hadden jullie tam kunnen maken. Het kost een beetje tijd en geduld, maar wat je er voor terugkrijgt, is zo verschrikkelijk plezierig. Je moet natuurlijk wel weten hoe het moet en je moet er feeling voor hebben. Misschien dat er boekjes over bestaan, ik weet het niet, maar zelf heb ik Peertje eerst tam en daarna aan het praten gekregen door me te houden aan een paar simpele grondregels. Iemand die ervaring had met het tam maken van de grasparkiet heeft ze me verteld en ik zal ze aan u doorgeven.

Het heeft vijf maanden geduurd voor Peertje tam was en kon praten. Nog niet zulke hele lange zinnen, maar in ieder geval wél zijn naam, de namen van de kinderen en hond Luna, plus nog wat losse zinnetjes zoals: 'Peertje blote pootjes', 'Wat zielig toch', Mooie vogel', 'Is Mamma daar' en 'Luna stout'. Echt goed praten, leerde hij tussen zijn eerste en derde levensjaar. Maar vóór het zover was... enfin, ik zal bij het begin beginnen.

Peertje was viereneenhalve week oud toen hij – zo uit het nest én gekortwiekt – bij ons kwam. Hij was een mannetje, dat konden we zien aan de blauwige kleur van de washuid (de huid om de neusgaten). Hij móést ook een mannetje zijn, want vrouwtjes worden wél tam, maar leren nauwelijks praten. We hebben hem eerst een klein kooitje gegeven, zonder speelgoed of spiegeltje erin. Het kooitje stond naast een stoel waarin vrij veel gezeten werd. Zo kon hij een paar dagen wennen aan het alleen-in-een-kooitje-zijn én aan mensen. Zijn voer strooiden we uit op het zand en daar legden we ook een trosje gierst neer. We hielden goed in de gaten of hij al alleen kon eten en inderdaad, na een paar uur begon hij in de gierst te pikken. Na drie dagen plaatsten we Peertje in een echte parkietenkooi, met dwarstralies en een grote deur. En ook in die kooi lieten we hem een dagje wennen. Peertje had onze stemmen nu al vaak gehoord, maar altijd op een afstand. We vonden dat we nu wel met ons gezicht bij de kooi konden komen en zo spraken we hem om beurten bemoedigend en vleiend toe. Dat vond hij kennelijk prettig, want hij begon te gapen en strekte zijn vleugeltjes uit. Peertje was zes dagen bij ons toen we voor het eerst met de handen bij de kooi kwamen. Het gezicht hielden we voortdurend bij het geopende deurtje en de handen bewogen we er omheen. Af en toe staken we een hand in de kooi, – altijd vóór Peertje – we kwamen aan zijn voer, of aan zijn drinkbakje en ten slotte raakten we met één vinger zijn borstje aan. Hij liet dat toe en dus konden we langzaam naar boven, tot in zijn halsje strelen. De dag erna konden we zelfs zijn wangetje krauwen en keerde hij zijn gebogen kopje naar ons toe. Dat was de stand van zaken na één inspannende week. Peertje was niet bang meer voor een vinger en we konden hem nu leren dat hij die ook als stokje kon gebruiken. Al maar pratend drukten we met de vinger zacht tegen zijn buikje, zodat hij een beetje begon te wankelen. Om houvast te vinden, stapte hij op de vinger over en zo lieten we hem in de kooi een poosje zitten. Daarna mocht hij weer terug op zijn stokje en na een paar minuten begonnen we weer van voren af aan: tegen het buikje drukken, op de vinger houden, terug op het stokje... eindeloos... Na een dag repeteren, namen we hem op de vinger uit de kooi en brachten we hem vóór de mond. Hij moest wennen aan de warme adem en de bewegende lippen. Zodra we zagen dat hij terug wilde, zetten we hem meteen op zijn stokje, om het even later weer met hem te proberen. En zo gingen we door... en door... en door. Op een gegeven moment bleef hij rustig voor de lippen zitten. Voorzichtig hebben we toen de vinger achterwaarts bewogen, tot hij zo'n 30 cm van de lippen verwijderd was. Dáár leerden we hem 'trapjes' lopen. Hij zat dus op de wijsvinger van de rechterhand en we duwden de wijsvinger van de linkerhand tegen het buikje. Zo stapte hij van de ene vinger over op de andere. Ten slotte hoefden we niet meer tegen hem te duwen en stapte hij al over als de vinger in de buurt kwam.

Na veertien dagen wist hij niet anders of het hoorde allemaal zo. Als hij iemand de kamer hoorde binnenkomen, kwam hij al naar zijn deurtje toe om zo snel mogelijk op de vinger te kunnen. Als dat niet gebeurde, probeerde hij met kleine schreeuwtjes de aandacht te trekken. Hij verveelde zich kennelijk in zijn kooi en begon al naar ons uit te kijken. Dát – en het feit dat hij al een beetje in zichzelf begon te babbelen – was voor ons het teken dat we hem wat speelgoed en een spiegeltje konden geven. Van dat moment af hebben we het deurtje van zijn kooi opengelaten en ontwikkelde hij zich zeer snel tot een tamme, praatgrage parkiet. De spraaklessen – herhalingen van steeds dezelfde zinnen, met Peertje voor de lippen – hebben we vijf maanden volgehouden. Iedere dag driemaal, gedurende tien minuten. Niet alleen zijn vocabulaire werd dagelijks groter, maar ook zijn aanhankelijkheid aan ons. Zodra we de kamer binnenkwamen, vloog hij ons tegemoet en zette hij zich op onze schouders. En dan toeterde hij ons in het oor wat hij in zijn eenzaamheid geoefend had: 'Peertje mooie vogel, hártstikke mooi, lieve vogel is dat zeg, hártstikke lief...' om dan over te gaan in poeslief gebedel: 'Koekje... koekje asseblief.. koekje...' Maar als hij geen koekje tussen onze tanden vond, vloog hij razend op met: 'Bránd, alarm, politie...' en ging ten slotte verontwaardigd op zijn deurtje zitten. Daar mopperde hij wat af en hij hield er pas mee op als we met een koekje zoete broodjes gingen bakken.

Niet eens z'n koffer...

Mijn 6-jarige dochter Alwien komt thuis met een wild verhaal over Martha die een kooi over heeft, omdat haar papegaai bezweken is, wat weer doodzonde is voor die kooi 'die daar nu maar staat en die d'r vader niet meer vullen wil'...

Praktisch van aard gaat ze verder: 'Hij kost ƒ 40 en ik heb gezegd dat wij hem wel zullen kopen.'

'Waarvóór??' doe ik agressief, 'wat hebben wij nou aan een lege kooi?'

'Nou,' zegt Alwien, 'ƒ 40 is heus niet veel hoor, hij is helemaal van koper en je mag een boekje lenen van Martha's vader van hoe je een papegaai moet opvoeden...'

'Maar ik wil geen papegaai, ik word al dol van jullie...'

O, maar dan bekijk ik de zaak toch heus verkeerd, legt Alwien mij uit, een papegaai is enig en zo leuk joh, je kan koppie krauwen en als die vervelend is en te hard schreeuwt, dan doe je gewoon een doek over zijn kooi en dan is die stil, dus dol zal je wel niet worden.

Ik zet enkele tegenargumenten op stapel maar Alwien maait mij het gras voor de voeten weg: 'Hij hoeft niet worden uitgelaten en als we met vakantie gaan dan zetten we de kooi gewoon bij iemand anders...'

Verder belooft ze mij later nooit te zullen roken, drinken, dobbelen etc., áls ze die papegaai maar krijgt.

Maar ik laat me niet ompraten, geen kwestie van, hoe háál je 't in je hoofd en zolang ik het hier nog te vertellen heb...

Dat is niet lang, want binnen drie dagen hebben we een papegaai. Een Geelvoorhoofd-amazone. Met een briefje erbij dat hij tam is en gaat praten. Het briefje wordt op de muur geplakt boven Martha's kooi, zodat het dier zich ten eeuwigen dage zal kunnen herinneren dat hij daar tam zit te zijn en zal móéten praten.

De eerste bezoekster is Martha. Ze staat zeker vijf minuten met Alwien voor de kooi te zwijgen. Dan ineens zegt ze: 'Hoe heet die?'

Alwien draait zich om naar mij: 'Hoe héét die??'

Ja, weet ik veel, geef 'em maar een naam.

'Diederik...' zegt Alwien, 'ik noem altijd alles wat ik maak Diederik...'

Vanaf dat moment heet hij Diederik en is hij het volledig product van Alwien.

Martha probeert met haar vingertje te krauwen, maar hij wil nog niet, kruipt achter in zijn kooi.

'Is-ie nog jong?' vraagt ze.

'Een paar maandjes...'

'Ze kenne 100 jaar worden, maar ze kenne ook zo dood neervallen...'

'Dood neervallen??' vraagt Alwien.

'Ja... de avond tevoren hè, dan brengt je vader je naar bed en dan is er nog niks aan de hand en als je dan de volgende mogen met je vader gaat kijken dan ligt die als een balletje beneden in zijn kooi, dóód, dan heb die een beroerte gehad...'

'Een beroerte... wat is dat?'

'Nou, dat ken je vader ook krijgen, dat is iets in z'n kop, dan valt die in éne van zijn stok, hartstikke dood.'

Alwien knikt met groeiend respect.

'Maar het hóéft natuurlijk niet...' gaat Martha verder, ''t kan best zijn dat die 100 wordt. Je moet 'em woordjes leren, dat is leuk, die van mij zei ook alles...' Ze verdraait ineens haar stem en zegt tegen Diederik: 'Sta je te kijken?... Motje mijn hebben?' Weer tegen Alwien: 'Dat zei die van mij hè en dan kon je je rotlachen...'

'En soms, hè...' gaat Martha verder, 'als je vader de melk heb rond gebracht en als ze de weg hebben opgebroken, dattie niet met z'n kar bij de huizen kan komen en met z'n mand moet sjouwen en als die dan thuis komt, dan is die hartstikke moe en dan kan die geen drukte aan z'n kop hebben. En als dan dat beest gaat blèren en je zusjes janken, dan zegt je vader: over dat beest ken ik tenminste een doek gooien, maar aan jullie ken ik pedorie niks doen...'

Diederik komt nu nieuwsgierig over zijn stokje schuiven en steekt zijn snavel door de tralies. Alwien wil erbij komen met haar vinger maar Martha slaat 'em weg. 'Uitkijken hoor, 't zijn gemene pikkerds, zo lief als ze kijken... Je moet 'em eerst maar een poosje niet aanraken, hij moet weten wie de baas is, je vader of hij...'

'Mijn váder??' vraagt Alwien.

'Ja, hij is toch van je vader?'

'Nee, van mij.'

'En wie moet zijn kooi dan schoonmaken? Je vader toch zeker?'

'Nee,' zegt Alwien pertinent, 'mijn vader wérkt, hij wil wel wat zeggen voor de kooi, maar niet schoonmaken...'

Martha knikt wereldwijs. 'Lekker makkelijk die kerels, als ze wat doen motte, dan hebben ze altijd nét gewerkt. Mijn moeder zegt ook: allemaal hetzelfde, lekker makkelijk...'

Dan ineens strijkt ze Diederik over z'n snavel: 'Hè zoete vent...? ...wat zeg je d'r van... Sta je te kijken...? Motje mijn hebben...? ...Moet je zien, hoe die naar me loert, hij snapt er niks van, dattie nou in éne dáár zit, hij heb niet eens z'n koffer hoeve pakken...'

Martha draait zich om, ze heeft het nou wel gezien en gaat met Alwien de kamer uit. En plotseling sta ik oog in oog met Diederik.

'Nou, jongen...' zeg ik, 'daar zitten we dan...'

Hij kijkt me moedeloos aan.

Ik denk aan al die koffers die ik zal moeten pakken, wanneer ze mij zo plompverloren in een kooitje zouden zetten. Ik denk aan al die briefjes die ik op tafel zou moeten achterlaten: Soep laag draaien, Denk aan vitaminepillen, Water bij de planten gooien, en Voeten wassen als je naar bed gaat... want ik zit in een kooitje bij de Amazone.

'Hé, Diederik...' roep ik, 'wil je met me ruilen?'

Hij kijkt me tragisch aan, denkt waarschijnlijk aan mijn koffers en een eindeloze moeheid overvalt hem. Hij schudt zijn veren, houdt zijn handen stram in zijn zakken en gaapt bezitloos... volmaakt bezitloos...

Blijspel

Bij ons thuis is er een poesje bij.

Erbij, zeg ik, want we hadden al Luna, onze hoogbejaarde bastaard bouvier en Odile, een Abessijnse poes van middelbare leeftijd. Het babypoesje luistert (niet) naar de levendige naam Vivica, en kijkt me voortdurend aan met een gezicht van: 'Zeg, zal ik jou 'es helpen verhuizen?' Ik heb er bijna een dagtaak aan om haar ervan te overtuigen dat ik daartoe geen plannen heb. Mijn telefoongesprekken moet ik regelmatig onderbreken met: 'Uh-uh... áfblijven...', gevolgd door de verontschuldiging: 'We hebben een poes en die zit in de kerstboom, ze mept de ballen door de kamer.'

Interessanter is de driehoeksverhouding Luna, Odile, Kaatje. Dit klassieke blijspel voor twee dames en een bejaarde heer speelt zich in talloze bedrijven af. De toeschouwer krijgt de gelegenheid de onderlinge verhoudingen Luna – Kaatje, Odile – Kaatje, Luna – Odile, Luna – Odile – Kaatje mee te beleven tot aan het Happy-end oftewel de algehele verbroedering. Maar zover zijn we nog niet, we zitten nog midden in de conflicten. Want zoals ieder klassiek stuk, begint ook dit stuk met een Exposé (een uiteenzetting) dat de conflicten reeds aankondigt. In dit geval bestaat het Exposé uit het zwijgend om elkaar heen draaien van de drie hoofdpersonen. Met gegrom en dikke staarten wordt duidelijk gemaakt: 'Ik ben Luna, ik ben vijftien jaar en die zwarte mevrouw daar is mijn baas.' ... en 'Ik ben Odile en dat ben ik altijd geweest, alle stoelen zijn van mij en mijn staart ook en mijn lijf ook en als je eraan komt kan je billenkoek krijgen...' en 'Ik ben Vivica, Vivica, Vivica, Vivica, Vivica... en de hele schepping is van mij...'

En om nog even de bouw van het klassieke blijspel aan te houden: Na het Exposé krijgen we de conflicten die naar een climax leiden. De conflicten komen tot uiting tijdens een gebeurtenis waarbij alle partijen zich betrokken voelen. Welnu, in óns blijspel is die gebeurtenis de opvoeding van Vivica. Daarover verschillen Luna en Odile duidelijk van mening.

Als Kaatje de chevelure bespringt, ontketent ze een kettingreactie. Ze wordt door mij met Uh-Uh tot de orde geroepen, zodat Odile zich verplicht voelt om met een stevige haal in te grijpen. Luna komt overeind en gaat wijdbeens-kwispelend tussen Kaatje en Odile staan. Odile – die tot nu toe in vrede met Luna heeft geleefd – vindt hem nu maar een overloper en blaast naar hem. Odile wordt vervolgens door mij geuhuhed en loopt beledigd weg. Ik ga achter haar aan en probeer haar begrip voor de situatie te vragen. Intussen is Luna achter mij aan gelopen en geeft jaloers poten aan mijn rug. Kaatje maakt van de gelegenheid gebruik om de chevelure te bespringen...

In het midden van het tweede bedrijf is de spanning optimaal. Oud zeer wordt opgehaald: 'Jij eet altijd uit mijn bak' en 'Jij ligt altijd op de schoot van de baas, die toch veel langer mijn baas is'. De climax wordt bereikt als Kaatje – die inmiddels tot lachende derde is gepromoveerd – via de slapende rug van Luna op de slapende Odile springt. Zelf zoekt ze een veilig heenkomen, maar de geschrokkenen wijzen elkaar als schuldige aan en gaan over tot de aanval. Odile slaat en spuugt, keert zich dan om en rent door de kamer, met Luna achter zich aan. (Enig antiek en curiosa tuimelt op de grond en wordt door Kaatje verder gemept.) Uit ervaring weet ik dat de hond het onderspit zal delven en daarom grijp ik in. Ik pak Odile op, geef beide een uitbrander, doch alleen Odile voelt zich aangesproken en verdwijnt beledigd naar de tweede etage. Daar blijft ze de hele verdere dag onder een bed zitten en is met geen enkel zoet woordje eronderuit te lijmen.

Op het toneel gaat de scène verder. Kaatje zoekt toenadering tot Luna. Ze draait tussen zijn poten door en mauwt met opgeheven kopje: 'Ik ben zo lief, ik ben zo lief, kijk eens hoe lief ik ben...' Luna vertrouwt het mormel niet meer en verwijdert zich op hoge poten, waarna Kaatje op de bank springt en pardoes in slaap valt.

Voor de volgende scène moet ik enige changementen in het decor aanbrengen. Ik raap de gevallen kussens op, zet stoelen op hun plaats en verbaas me erover dat het antiek niet kapot is. Intussen spreek ik de hond bemoedigend toe, maar pas 's avonds, als Kaatje na veel gespring weer op de bank in slaap is gevallen, durft hij haar te benaderen. Met zijn grote, logge kop hangt hij boven het wicht. Kaatje voelt zijn adem en opent voorzichtig haar oogjes. Een confrontatie van nog geen minuut. Dan tilt ze haar beide voorpootjes op en legt die op de snuit van de hond. Luna likt haar mondje en zij doet haar kopje achterover om het hem makkelijker te maken. Op dat moment komt Odile binnen. Haar tijd van mokken is om. Ze verstart in de deuropening wanneer ze het herderstafereeltje ziet en loopt dan met langzame stappen, de staart recht omhoog, naar haar vertrouwde plekje voor het raam. Als ik naar haar toe kom om haar te knuffelen lees ik vertwijfeling in haar ogen: 'Odile or not Odile... that is the question...'

Pauze.

Pijne pootjes

Het is bijna onbegrijpelijk dat ik niet iedere week een stukje schrijf over mijn hond. Mijn goede Luna die de hele dag hoofdschuddend achter mij aan loopt en voortdurend listen bedenkt om zijn leven te veraangenamen. Luna's tiende verjaardag hebben we verleden maand in huiselijke kring gevierd. Na de aanbieding van de cadeaus – een stukje rookworst, een pond vuile pens, een knarsje en een lange vinger – mocht hij wat langer mee naar het strand. Een feestelijk begin van de dag.

Bij zijn thuiskomst was hij volledig uitgeteld, zodat de rest van de festiviteiten naar de middag moest worden verschoven. Dat 'uitgeteld zijn' was iets van de laatste tijd en had te maken met een lichte reumatische aandoening in beide voorpoten. Bij de eerste verschijnselen raadpleegden wij al de dierenarts die onze Luna pillen voorschreef. Dagelijks één pil na de maaltijd. Wij hadden het daar goed druk mee, want Heer Luna wenste zijn pil, gewikkeld in een plakje ham, niet in te slikken. Hij draaide de ham net zo lang rond in zijn mond, tot het pilletje op de grond viel, waarna hij de rest welwillend tot zich nam.

Doch ook wij zijn sterk in het verzinnen van listen. De eerste pil ging erin door een staaltje van perfecte samenwerking. Mijn jongste dochter ging in de achtertuin staan, mijn middelste dochter bij de keukendeur, mijn oudste dochter en ik vormden een bolwerk onder aan de trap en mijn echtgenoot stond met een verrekijker voor het raam van de achterkamer. Aan mij de eer om Luna tot mij te lokken met het woordje 'POES', dat ik hitserig uitstootte. Ondanks de reumatiek kwam Luna met vliegende vaandel en slaande trom de trap afspurten. Beneden werd hij door ons opgevangen, mijn oudste dochter stopte hem een stuk rookworst met pil in de bek, waarna de keukendeurdochter meteen weer 'POES' riep. Luna – door ons losgelaten – ging met een noodgang door de inmiddels geopende keukendeur, richting tuindochter, die – almaar 'POES' schreeuwend – naar de schutting wees. Intussen had mijn echtgenoot Luna in de kijker gekregen en rapporteerde hij ons dat het goede dier – vlak voor hij tegen de schutting sprong – het stukje rookworst met pil inslikte. Het triomfantelijk einde van de 'Operatie Poes'.

Onnodig te zeggen dat Luna daar niet nóg eens invloog. Mijn echtgenoot ook niet, want hij weigerde om nog één keer met die kijker 'voor joker' te staan. Dankzij de vindingrijkheid van mijn dochters zijn er nog tien pillen naar binnen gewerkt. Doch toen vond er een totale ommekeer plaats. Luna begon te begrijpen dat hij 'trekhebben' moest koppelen aan het pillendoosje en de ijskast. Toen wij hem zijn twaalfde pil wilden toedienen zat hij al geduldig te wachten bij de wasmachine (waarop het pillendoosje stond). Het water was hem reeds in de mond gekomen, zodat hij regelmatig zijn lippen moest aflikken. Zodra ik mijn hand naar het pillendoosje uitstak, kwispelde hij naar de ijskast toe, waar – dat wist hij nu wel – de rookworsten lagen. Hij trok er zich niets van aan dat er op het doosje geschreven stond: dagelijks één pil na de maaltijd. Toen hij eenmaal de brug geslagen had, konden we hem bij voortduring hunkerend bij de wasmachine vinden. Omstreeks de vijftiende pil had zijn hondenlogica zich nog verder ontwikkeld. Met zijn voorpoten ging het toen al een stuk beter, slechts een enkele maal bewoog hij zich hinkend door het huis. Wanneer iemand hem dan beklaagde, zo in de trant van: 'Ach... heb jij pijne pootjes...?' liep hij regelrecht door naar de ijskast om op de worst te wachten. Hij begreep dus al dat de pijne pootjes worst opleverden. De tussenschakel 'pil' had hij laten vallen. Wie denkt dat het uiterste van zijn combinatievermogen hiermee bereikt was, slaat de plank lelijk mis. De pillenkuur was bijna ten einde en wij konden met vreugde constateren dat Luna niet meer hinkte door het huis. Geen pijne pootjes meer, dus ook geen worst...

Daar moet hij dagen over gepiekerd hebben, tot hij kennelijk tot de volgende conclusie kwam: WEL pijne pootjes, WEL worst... En eenmaal zóver gekomen, was de volgende stap voor hem vrij moeiteloos: WEL worst, DUS pijne pootjes, DUS mank lopen.

Of WEL worst, DUS mank lopen... En niet zomaar ergens manklopen, nee, dáár waar het wat oplevert, dus vóór de ijskast...

Vandaar dat Heer Luna tegenwoordig alleen maar mank loopt als hij langs de ijskast komt...

Twee wereldoorlogen

'Wat ik allemaal niet heb meegemaakt...' zegt de man die bij mij thuis een antiek kastje repareert. 'Twee wereldoorlogen... ik ben in 1908 geboren. In mijn kamer hangen nog portretten van mijn grootouders van moederskant. Met van die gezichten waar geen lachje af kan, u kent dat wel. Enfin, twee wereldoorlogen, ik heb altijd gezegd: Als ik mijn memoires zou gaan schrijven, dan komt er wat los. En dan die tijd tussen de wereldoorlogen... tjonge jonge... Altijd hier in Den Haag gewoond, ik heb de grachten nog meegemaakt voordat ze die gingen dempen. En de crisistijd, dat we allemaal moesten gaan stempelen en dat het nog een schande was dat je werkeloos was. Enfin... twee wereldoorlogen en dat allemaal door één mens meegemaakt, 't is bijna te veel. Soms zeggen ze wel 'es: Oom Neel, vertel d'r 'es over... en dan weet ik gewoon niet waar ik beginnen moet. Eigenlijk zou ik het aan u allemaal moeten vertellen, want u als schrijfster heeft er wat aan en dan ging het ook niet verloren... maar ja... waar zou ik mee moeten beginnen hè...'

Misschien dat een kop koffie helpt, denk ik en ik sla de plank niet mis, want al roerende vindt hij een aanknopingspunt. 'Kijk... als het u interesseert... ik was net zes toen de Eerste Wereldoorlog uitbrak en ik weet nog wel, dat bij ons thuis was dat meteen paniek. En mijn moeder sloeg van die paar centen die we hadden meteen aan het hamsteren. Ik had nog nooit van dat woord gehoord, want het is natuurlijk een gek woord hè, hamsteren. Kijk, als je een hamster kent, is dat geen gek woord, want die beesten hebben van die wangzakken en daar stoppen ze dan van alles in om het later op te eten. Mijn kinderen heb ik ook altijd een hamster gegeven. Aardige beestjes zijn dat. We hadden d'r 'es één en die at chocola uit je hand. Hij was ook tam en hij mocht dan 's avonds uit de kooi en op de tafel lopen. Dat was de hamster van Eli, mijn zoontje, en daarom heette hij Elias. En dan gaf je hem een stukje kaas of een stukje chocola en dan stak hij zijn handje uit, echt waar. En lekker knabbelen tot het op was en dan kwam dat handje weer. Nou ja, van het een kwam het ander en mijn zoontje zei: Pa, hij is toch tam, mag hij ook 'es op de grond lopen en niet alleen op de tafel... en eerst zei ik nee, maar ja hoe gaat dat, zo'n jong zanikt door en op het laatst ga je dan toch door de knieën. Enfin... eerst blijft hij nog zo'n beetje om de tafelpoot hangen, maar ineens op een avond, hij had juist z'n stukkie chocola gehad, neemt Elias de kuierlatten. Die zijn we kwijt, zeg ik nog en mijn zoontje huilen, want hij was werkelijk gek op dat beest. We hebben nog een paar dagen naar hem uitgekeken en van lieverlee vergaten we hem hè. Maar na een dag of tien – ik zit op mijn stoel, zo'n grote crapeau van rood pluche, u kent dat wel – en ik hoor onder m'n zitvlak gescharrel. Ik denk: Wat kan dat nou wezen? Enfin, het geluid wordt sterker en ik sta op, doe de stoel een beetje omhoog en daar zie ik een klein hoopje zaagsel liggen. Wacht effe, denk ik, de hamster... Moe erbij, Eli erbij, de stoel op z'n kant en wij allemaal van onder d'r in kijken. Maar nee hoor, niks te zien. Nou ja, zeg ik, hij komt er wel uit als hij honger heeft. Ik wil weer gaan zitten en daar begint dat geknabbel weer. Op het laatst was het zo erg dat ik niet meer op die stoel kon gaan zitten, want veel rust heb je daar niet, want je denkt: Straks begint hij aan mij...

Enfin, iedere dag horen we geknabbel en steeds in een andere stoel. En onder alle stoelen vonden we ten slotte hoopjes zaagsel. We werden d'r allemaal mesjogge van. En moe zei tegen mij: Jij moet dat beest gaan vangen, want zo gaan al onze goeie stoelen er aan, je moet dat beest er maar uit gaan roken.

Enfin ik met een rokend stuk hout vanonder in de stoelen, maar nee hoor, de enige die bijna stikte was ik. Misschien zit Elias nu weer in de andere kamer, zei moe, want ik hoor ook geen geknabbel in die stoelen meer.

Op het laatst konden we alleen nog maar denken: Waar zit Elias nou weer... want overal in huis hoorden we zijn geknabbel. Nou hadden we een suite en toen zei moe: Weet je wat, we doen de suitedeuren dicht en dan strooien we meel in de voorkamer en we zetten een bakje eten klaar en als we dan voetafdrukken zien in het meel, dan weten we dat hij in de voorkamer zit. Nou, dat deden we, een heel pond meel, maar dat komt omdat we helemaal bezeten waren door dat beest. En de volgende dag wij allemaal kijken, maar geen pootjes er in. En wij meteen de andere kamer vol strooien, bakkie eten erbij en toen zagen we dat die dus in de achterkamer zat. Nou, alle deuren goed dicht gehouden en wij de kamer op z'n kop gezet. Maar nérgens... nergens was hij te vinden. En eindelijk – zeker weer tien dagen verder – zegt moe ineens: Hé, zie je dat, wat is er met die palm gebeurd? En wij kijken en ja hoor, wij hadden zo'n palm in de kamer en die stond daar al jaren en die was helemaal dor gaan worden en half aan het doodgaan. Nou en toen is moe gaan kijken in de pot en wat bleek, Elias had een gang gegraven en beneden in de pot een gezellig holletje gemaakt van waaruit hij ons met die kleine glimoogjes stond aan te kijken. Enfin, ik pak een stukkie chocola en houd dat zo halverwege zijn gangetje en ja hoor, daar steekt hij zijn handje uit om het aan te pakken. Nou, toen hebben we hem dan eindelijk te grazen genomen en wat bleek, Elias had z'n eige in leven kunnen houden die afgelopen maand met de wortels van die dure palm van ons. Zijn beide wangzakken had hij er mee volgeladen. Ik zie nog het gezicht van mijn zoontje Eli... blij dat die was... zó blij dat kind dat zijn beestje weer terug was bij hem... ik zal nooit dat blije gezichtje vergeten... Enfin, ik kan hier wel blijven vertellen bij u mevrouw, ik kan bij u wel tien kastjes repareren, dan ben ik nog niet uitgepraat... maar ja, ik heb ook een hoop meegemaakt hè... twee wereldoorlogen, wat wil je.'

Dat doet ze wel...

's Middags werd er gebeld terwijl ik bezig was de laatste voorbereidingen te treffen voor onze vakantie. 'Wat nóu weer...' dacht ik, 'heb ik al niet genoeg springtouwen, fietsen en steppen buiten gezet? Heb ik al niet genoeg...'

Maar nee, niet mijn dochters aan de deur, doch een jongeman, genaamd Menno, die mij ronduit vroeg wanneer ik gedacht had zijn witte muizen in ontvangst te nemen.

'Je wát?' vroeg ik onnozel.

'Mijn witte muizen,' zei hij, niet begrijpend wat ik niet begreep.

'Heb je die dan?' vroeg ik dom.

'Natuurlijk. In een aquarium zitten ze en ze hebben zo'n rad. Kan ik ze brengen?'

'Maar waarom zóu je?'

'Ik ga met vakantie.'

'Ik ook...'

'Ja, maar ik ga vándaag.'

'Ja, ik ook...'

'Kijk,' zei hij en haalde een kladje te voorschijn, 'hierop staat wat u doen moet. Góed schoonhouden, anders gaan ze stinken. En soms vechten ze wel 'es, maar dan kunt u ze gewoon uit elkaar trekken en wat ze eten staat hier ook... Wanneer kan ik ze brengen?'

'Beste Menno,' zei ik, 'ik heb geen tijd, over een uur ga ik met vakantie, ik kan je muizen echt niet hebben... hoe kom je eigenlijk op het idee???'

Hij keek me sprakeloos aan en ik begon me waarachtig schuldig te voelen.

'Ja, gebruik nou even je verstand, als ik zélf met vakantie ga, hoe kan ik dan voor jóuw muizen... en bovendien... je hebt het me nooit gevráágd...'

Nog steeds geen woord van hem, alleen die blik van 'wat moét ik nou?'

'Nou,' drong ik aan, 'vind je het nu zelf niet een beetje gek om zomaar aan te nemen, dat ik voor jouw muizen zal zorgen. Zulke dingen regel je van tevoren... hier... neem mij nou... ik heb al een maand geleden geregeld, wie er mijn planten moet begieten.'

'Maar ik héb het toch geregeld?' deed hij verbaasd.

'Nee, jij komt op het laatste ogenblik...'

'Nee hoor, ik heb het allang geregeld... met Mariek.'

'Met MARIEK???' (Aha, mijn zevenjarige dochter dus.)

'Ja, ze zei tegen me, dat ik mijn muizen wel naar u kon brengen. Ik zei nog: heeft ze d'r wel zin in, maar Mariek zei: ja, dat doet ze wel...'

'Dat DOET ze wel???' WAAR is Mariek???

En alsof het zo gearrangeerd was, kwam madam hartelijk zwaaiend achter op een fiets voorbij.

'Binnen komen,' riep ik.

Poeslief kwam ze aan, alvast polsend wat er aan de hand kon zijn.

'Heb jij...' begon ik nogal geagiteerd, want hoe ter wereld kon ik binnen een uur gepakt en gezakt klaar staan als ik ook nog onderdak moest zoeken voor ik weet niet hoeveel witte muizen.

Mariek wond zich absoluut niet op. 'Ja, dat heb ik,' zei ze.

'Maar kind,' zei ik, 'hoe kun je nou toch zoiets zeggen, terwijl je weet dat...' enfin, ik haalde er zoveel bij dat geen muis er meer iets mee te maken had.

Mariek knipperde niet eens met haar ogen.

'En wat moet Menno nou met zijn muizen?' vroeg ik haar.

Menno begon verwoed mee te knikken.

'Nou,' zei Mariek, 'we kunnen ze toch naar oma brengen...'

'OMA???'... ik stelde me voor hoe ik koelbloedig de telefoon op zou nemen om te zeggen: luister 'es mam, zou je behalve voor alle andere dingen óók nog voor de witte muizen van een jongeman, genaamd Menno... 'OMA??? Hoe krijg je het in je hoofd?'

Mariek hief langzaam haar ronde kopje omhoog en met een wereldgroot vertrouwen liet ze horen: 'Ja... dat dóét ze wel...'

Ik ben er niet

Toen ik zaterdagmorgen de trap afkwam, zag ik op de onderste tree drie elastiekjes liggen. Nadat ik ze een poosje had bekeken, bond ik ze aan elkaar en hield ze vervolgens boven het kopje van mijn vier maanden oude poes Vivica. Ruim een uur heb ik – gezeten op de trap – de elastiekjes en de poes op en neer laten dansen. Als ik in de verte de telefoon hoorde, riep ik: Als het voor mij is, ik bén er niet... wat nog klopte ook, want ik wás er niet. Ik was even weg. Weg in het wereldje van poes Vivica. Toen dat goed tot me doordrong en ik het weldadige ervan ondervond, besloot ik om voorlopig maar helemaal weg te blijven. Deze zaterdag zou ik mezelf eens redden en spelend met de poes voor niemand te bereiken zijn. Deze zaterdag zou ik me door niets laten opjutten. Door geen vergadering, door geen lezing en door geen trein die ik moest halen. Want ik zou er gewoon niet zijn...

Opeens moest ik denken aan mijn goeie en wijze vriend Mees Mot. Als ik hem opbel, krijg ik wel eens zijn antwoordapparaat. Daarop hoor ik zijn stem het volgende zeggen: 'Dit is het antwoordapparaat van Mees Mot. Mees Mot is er niet. Dat wil zeggen, misschien is hij er wel, maar niet voor u. Want soms heeft hij gewoon geen zin om er te zijn en dan zet hij dus dit apparaat aan. Maar dan is hij er dus wel, maar dan kan het zijn dat hij lekker in het bad ligt te weken. Of gewoon uit het raam zit te staren, omdat hij dus geen zin heeft om er te zijn. Ik wil wel even proberen of hij er misschien tóch is. Wacht even, dan zal ik hem roepen... Méés... Méés... Méé-héés hoor je me? Ik ben het... Mees, waar zit je nou... bén je d'r nou of ben je d'r niet? Méé-héés... Nou, u hoort het, Mees geeft geen antwoord, dus is hij er niet. O wacht even, ik hoor hem toch... Blijft u even wachten?

Ja, daar ben ik weer. Mees zegt, dat hij er tóch is, maar dat ik u moet zeggen dat hij een pestbui heeft en dat hij er daarom maar beter niet kan zijn. Begrijpt u? Dus is hij er niet. Misschien wilt u zo vriendelijk zijn nog eens te bellen als hij er wél is?'

Goed... deze zaterdag zou ik er dus ook niet zijn en gewoon wat met de poes gaan spelen. Maar ja, dan had ik natuurlijk nog wel wat meer nodig dan drie aan elkaar gebonden elastiekjes. Dus stapte ik de deur uit en ging ik op zoek naar een speelgoedwinkel waar ik een potje bellenblaas, een rammelaar, een duikelaar en een opwindbare pluchen muis wist te bemachtigen. Vervolgens had ik met de eigenaar van een zaak voor Practical Jokes en feestartikelen een diepgaand gesprek over het hoe-wat-en-waarom van een poes, hetgeen voor hem het positieve resultaat had dat ik met een arm vol grapjasserij de winkel uitging. Thuis stalde ik mijn vangst op tafel uit: gevleugelde diertjes, die ik met behulp van een magneetje op een glazen plaat kon laten dansen – een rol serpentines – een duveltje in een doosje – een kikker met een rubber slangetje en een knijpie eraan – pijpjes waaraan rolletjes zitten met een veertje aan het eind en als je erop gaat blazen dan rolt de boel fluitend uit met de bedoeling dat een ander zich een ongeluk schrikt – én het spul uit de speelgoedwinkel dus.

Vivica hád het niet meer... en ik ook niet moet ik eerlijk zeggen.

Ik ben begonnen met bellenblazen. Daartoe doopte ik een ringetje aan een steel in een potje vocht. Als ik tegen het ringetje blies trok er een sliert grote en kleine bellen langs het verbaasde gezicht van Vivica. Aanvankelijk beperkte ze zich tot kijken en een springhouding aannemen. Maar al spoedig sloeg ze met haar pootje de bellen kapot. Een enkele maal stootte ze per ongeluk met haar neus tegen een bel, zodat die uiteen spatte en Vivica in paniek maakte dat ze weg kwam. Via sluiproutes keerde ze dan weer terug naar de plaats waar het wonder zich voltrok, zonder er zich van bewust te zijn dat het echte wonder de mens is die zich kan zoet houden met bellenblazen. De mens die een pluchen muis opwindt, met een duikelaartje speelt, serpentines door de kamer smijt, een kikker laat springen en met een magneetje torretjes beweegt zonder het gevoel te hebben dat hij tijd staat te verliezen. De volwassen mens die normaal gesproken het spelen heeft verleerd – die simpele vorm van 'er niet zijn' of 'ergens anders zijn' – en die meent dat hij er altijd móet zijn. En nog liefst op tijd ook. Om 10 uur 40 bij de tandarts. Om 11 uur 53 bij de trein. Om 13 uur 30 bij de belastingconsulent. En om 15 uur 45 op zijn eigen begrafenis.

Nee... Poes Vivica heeft me nu wel geleerd wat het nut is van 'er even niet zijn'. Daarom denk ik dat ik ook maar zo'n apparaatje koop. Als u dan opbelt, roep ik geheel ontspannen op de band: 'Ik ben er niet. Vraag maar aan de poes. Ik zit op de grond met een potje bellenblaas. En een opwindbare pluchen muis. En een rolletje serpentines. En een duveltje in een doosje. Ik zit op de grond mijn tijd te vergeten, dus ik ben er niet.'

Wedden dat u dan hoofdschuddend neerlegt en zegt: 'Dat mens van Keuls is helemaal gek...'

Maar ja... zo af en toe moet je zo wijs zijn om je verstand eens te verliezen.

Billijk en ter plaatse

Mijn tv-toestel is kapot en mijn hond Luna, die gewend is naar het beeld te happen, brengt landerig en krabbend de avond door. Daarom bel ik iemand op die zich via de krant bereid verklaart billijk en ter plaatse te repareren. 'Komt voor mekaar, mevrouw... als ik even mijn bakkie koffie mag opdrinken, dan spring ik in m'n wagen en dan ben ik zo bij u...'

Na een uur wordt er gebeld en Luna spoedt zich voor mij uit naar de deur, in zijn kielzog de poezen Odile en Vivica. Een stevig baasje dat eruitziet alsof hij juist enige pilsjes achterover heeft geslagen – en daar ook naar ruikt – stapt naar binnen. 'De Televisie Avondservice, Mevrouw...' zegt hij, 'de redder in de nood voor verslaafde televisiekijkers... wat staan jullie me aan te loeren hè, stelletje kattenkoppen, heb je vandaag je visje nog niet gehad?' Daarna slaat hij Luna op de rug en duwt hem de straat op met: 'Zo, ouwe jongen, ga eerst maar 'es piesen jij...' en sluit de deur voor mijn verbaasde ogen. Ik doe nog een poging om Luna terug te roepen, maar zie slechts hoe hij Oost-Indisch doof de hoek om gaat, alweer met de poezen in zijn kielzog.

Het stevige baasje heeft inmiddels de kamer gevonden en – alsof hij mijn dochter is – zijn jasje op de bank gezwiept en zijn schoenen uitgetrokken. 'Want dat werkt een stuk makkelijker,' zegt hij, 'ja... de vloer moet natuurlijk niet geboend zijn want dan ga ik zo onderuit met dat zware toestel, maar ik vind u nou niet direct iemand die de hele dag de vloer leg te boenen... heb ik gelijk of niet?'

Met een keelstoot, zoals een gewichtheffer voortbrengt, tilt hij het toestel op het kleed om het daarna – er naast liggend – vakkundig te bekloppen. Hij wriemelt wat aan knopjes, haalt het achtervlak er af, wriemelt weer een poosje door en zegt dan opgelucht: 'O... ik zie het al mevrouw... dit is gelukkig een type van V en D en daar begin ik niet aan, want daar kan ik het schema niet van krijgen...'

Potverdrie... trek dan die schoenen maar weer aan...

'Ja, maar ik help u wel hoor... ik laat nooit iemand zitten met z'n ellende. Ik neem het toestel gewoon mee strakkies en dan krijgt u het morgen of overmorgen weer keurig netjes thuis bezorgd, want dan laat ik het door een vriend van mij maken die er wat meer verstand van heeft als ik en dan betaalt u dus aan die vriend van mij de reparatie en aan mij alleen contant de voorrijdkosten.' De vraagtekens springen van mijn gezicht af en dat gaat niet onopgemerkt aan hem voorbij. Hij voelt zich geroepen mij enige uitleg te verschaffen. 'Nou, kijk hè, die vriend van mij, die heeft dus een zakie thuis. Van televisie uiteraard. Je ken nieuwe bij hem kopen, alle merken, en hij kan ook repareren. Maar het is nog niet zo'n grote zaak, dus hij ken niet adverteren. Toen heb ik tegen hem gezegd: Nou weet je wat, sam-sam, dan zet ik iedere avond een advertentie in de krant van Televisie Avondservice Billijk En Ter Plaatse, dan ga ik naar de mensen toe, bekijk 't effe, als het een handomdraai is dan doe ik het dus ter plaatse – want mijn vriend heeft me daar een paar foefies voor geleerd – nou en als het klussen wordt dan smijt ik de hele rotzooi in me wagen, mijn vriend doet de reparatie en ik vang dan de voorrijdkosten... Nou... en als ik u vertel, dat er toch zo'n acht telefoontjes op een avond komen van zeer verslaafde en wanhopige televisiekijkers, dan levert mij dat toch altijd nog achtmaal *f* 25 is lumineus *f* 200 per avond op...'

Ik ben er stil van. Dat ik nou nooit op zulke gedachten kom, ik sjappel wat af met die stukjes van me...

Het stevige baasje hijst zich op een stoel, zoekt een lekker plekje voor z'n kousenvoetjes en begint genoeglijk een shagje te rollen. Als hij aan het vloeitje wil likken kijkt hij me aan en zie ik dat zijn ogen een verbijsterde uitdrukking krijgen. 'Hé...' zegt hij en na een poosje nog eens: 'Hé... dat is me ook wat...' Plotseling gaat hij op z'n knieën voor me liggen en dekt hij met zijn pakje shag eerst de bovenkant en dan de onderkant van mijn gezicht af. 'Hé... u was gister op de teevee... in stukken dan... ik was bij iemand geroepen en die had zo'n gebroken beeld weetuwel... Uw lippen zaten boven en uw ogen helemaal onderaan... Nou, ik heb er nog een hele klus aan gehad om u fatsoenlijk in elkaar te krijgen... En uiteindelijk, toen ik dacht dat ik het voor mekaar had, viel u weer gelijk in stukken uiteen en toen heb ik u maar in me wagen gesmeten en toen heb me vriend zich verder over u ontfermd... Hé... dat is leuk zeg dat ik u nu zo heel voor me zie, zo zie je nog 'es resultaat van je werk... u bent wat je noemt mijn lopende reclame... Weet u wat, u krijgt iets van mij, u hoeft de voorrijdkosten niet te betalen...'

Hij dekt nog een paar maal mijn gezicht half af, staat verheugd op en geeft me de hand. 'Nogmaals mevrouw,' zegt hij, 'ik ben blij dat u weer helemaal in orde bent, twee van die halve koppen is ook niet alles...'

Hij trekt zijn schoenen en zijn jasje weer aan, buigt zich over het tv-toestel en waggelt daarmee achterover hangend de kamer uit.

Als ik de voordeur voor hem opendoe schieten Luna, Odile en Vivica naar binnen. 'Zo, zijn jullie uitgepiest?' zegt het baasje en hij duwt het drietal met zijn schoen iets verder de gang in. Tegen mij zegt hij: 'En goed op jezelf passen, hoor meid... geen brokken meer maken, want ik ken je natuurlijk niet almaar de voorrijdkosten schenken...'

Gestampte hond

In de wachtkamer van mijn dierenarts zitten twee mevrouwen en twee meneren met vier poezen in vier mandjes. Het gesprek is al in volle gang als ik met poes Vivica (ook in een mandje) binnenkom.

'Dat eet ze niet...' zegt de mevrouw die bij het raam zit. Ze heeft een hese stem, misschien zit ze wel meer bij het raam (maar dan open) of misschien geeft ze lezingen, net als ik. 'Nee hoor, dat eet ze niet, ik hoef haar echt geen blikkies te geven want dat eet ze niet.'

'Ik geef hem ook niet altijd blikkies...' zegt de andere mevrouw, 'alleen als ik vergeten ben het vlees uit de vriezer te halen, nou ja, je vergeet toch wel eens wat.' Daar ziet ze inderdaad naar uit. Ze heeft een dik gebreid vest aan zonder knopen, die is ze vast vergeten aan te naaien.

'Blikkies is de pest...' zegt de meneer aan de overkant die met een zakdoek zijn neus rood wrijft. 'In blikkies zit van alles, ik heb het wel eens geproefd, niet te vreten.'

'Nou, dat is niet waar,' zegt mevrouw Knoop, 'ik heb het ook wel eens geproefd, 't gaat best en er zitten vitaminen in en hart en lever en mineralen.'

'Gestampte hond zit er in,' zegt meneer Neus, 'mijn kat vreet het niet.'

De keurige meneer naast meneer Neus gaat nu een lang betoog houden.

'Vers vlees is natuurlijk altijd beter. Het beste is poulet, daar zit bindweefsel in. En het beste is afwisseling natuurlijk. Niet altijd poulet, lever is uitstekend en hart ook en dan een dagje in de week vis en kippenlevertjes. 's Zondags krijgt mijn kat een zacht gekookt eitje en verder dagelijks een schoteltje koffiemelk. Melk is niet goed, maar koffiemelk mag. En ze vindt het verrukkelijk. Diepvrieskabeljauw geef ik een enkele maal, maar meestal loop ik even naar het stalletje om een vers wijtinkje te halen. Dat kook ik even op, de graat eruit en als het afgekoeld is krijgt ze het op een schaaltje. En 's avonds als ze naar bed gaat krijgt ze een paar snoepjes van gist, daar is ze dol op en het is een uitstekende aanvulling.'

'Ja, die snoepjes,' zegt mevrouw Openraam, 'die krijgt ze van mij ook, óók als ze naar bed gaat, ja, als ik naar bed ga bedoel ik dus, want ze slaapt bij mij in bed. Ze probeert eerst onder de dekens te kruipen, maar dan ben ik altijd bang dat ze stikt, dus laat ik haar tegenwoordig tussen het donzen dekbed en de overtrek kruipen. Nou dat vindt ze zalig en ik ook, als ze maar niet op mijn benen gaat liggen.'

'Wat zijn dat voor snoepjes?' vraagt mevrouw Knoop.

'O, die zijn zalig,' zegt Openraam, ja, ik vind ze niet lekker hoor, want ik heb ze natuurlijk geproefd, je gaat je beest niet zomaar iets geven, maar zij vindt ze zalig en ze zijn van gist hè en dat is goed voor het huidje.'

'Ik geef mijn kat gewoon iedere dag een kopje bier,' zegt meneer Neus, 'flauwe kul al die tabletten, die zijn er alleen om je geld uit je portemonnee te fluiten. 's Avonds drink ik toch een paar pilsjes, nou dan gaat daar een koppie van naar mijn kat. Als die hoort dat ik de opener uit de la haal, komt die al aan rennen. Hij is gek op bier, soms als we een feestje hebben thuis, dan staat hij te schooieren bij de visite en dan krijgt die wel eens een beetje te veel, dan gaat hij waggelen en de volgende dag heeft die dan een kater...'

'Dat is toch ongezond voor een kat, bier?' zegt mevrouw Openraam.

'Welnee...' zegt meneer Neus, 'bier is gemaakt van graan, nou, wat is er gezonder dan graan?'

'Een enkele maal,' gniffelt de keurige meneer, 'een enkele maal zondig ik wel eens. Dan snij ik van de karbonade een stukje af en dat geef ik dan heel fijn en met een lepeltje jus er overheen aan mijn kat. Ja, ik weet dat het niet goed is, maar ja, wij eten zelf ook niet altijd volgens het boekje en een gebakken karbonade... er is niets wat ze lekkerder vindt...'

'Nou, dat vind ik heel normaal,' zegt mevrouw Knoop, 'als ik geen vlees meer in de vriezer heb omdat ik vergeten ben het vlees voor de kat aan te vullen, dan pak ik ook wel eens een karbonaadje voor hem en soms een lekker stukje gebakken doorregen spek, daar vreet die zijn vingers bij op, of een stukje rookworst en ik zal je vertellen érwtensoep dat gaat er ook goed bij 'em in.'

'Nou-nou... erwtensoep...' zegt de keurige meneer, 'of dát nou zo goed is... varkensvlees kan je beter niet geven. Ik trek nog wel eens een keertje bouillon van mager vlees, aan erwtensoep zou ik me niet graag wagen en bouillon gaat er net zo goed bij haar in.'

'Met een tikkeltje zout er in?' informeert mevrouw Openraam.

'Gewoon een blokje Knorr om het smakelijk te maken.'

'Mijn kat die ken helemaal niet tegen zout,' zegt meneer Neus, 'dan gaat die staan kotsen.'

'Nee, niet kotsen,' zegt Openraam, 'hóésten, die van mij gaat hoesten van zout.'

'Nee, hoesten doen ze van die verrotte blikkies...'

'Ach welnee,' roept mevrouw Knoop, 'af en toe een blikkie is heus niet erg, dat doe ik ook als ik vergeten ben om het vlees uit de vriezer te halen, ja-gut, een mens heeft het druk, je vergeet wel eens wat en er zit heus geen rommel in die blikkies.'

'O nee?' zegt meneer Neus. 'O nee, o nee?... Ik zal u vertellen, mijn kat krijgt het niet, want ik zal u vertellen het is gewoon gestampte hond...'

Poppenkast

Luna zingt zijn hoogste lied, want hij gaat uit. Hij draait als een dolle om mij heen, danst, steigert en breekt zijn en mijn nek zowat over zijn riem. Want hij gaat uit.

Met moeite krijg ik hem de auto in. Als ik ten slotte zelf ook zit, zie ik in de spiegel hoe hij arrogant naar buiten kijkt. Hij is zich bewust van zijn status 'hond met auto' en heeft daarom ook recht op het onderschrift: 'hond met auto gaat uit'.

Daar gaan we dan. Bij een stoplicht moeten we wachten naast een auto met een andere hond. Een venijnig schepsel dat ons op hoge poten toeblaft. Luna kijkt niet op of om. 'Plebs...' denkt hij, 'rij zo gauw mogelijk door... rij me naar mijn landgoed...'

Vlak bij de duinen sla ik ergens linksaf. Daar is een landje, waar we eerst wat gaan spelen. Maar op de plaats waar ik gewoon ben te parkeren, staat nu een houten geval. Een soort poppenkast met twee mannen er in, die auto's zitten te tellen. Dat wil zeggen dat de ene brood eet en de andere hoogst waarschijnlijk telt. In ieder geval houden beiden belangstellend in de gaten of ik nu wél of niet langs hun poppenkast kom. Ik besluit tot het laatste en kom met mijn auto tot op één meter vóór de kast tot stilstand. Ogenblikkelijk hangt de broodeter over de toonbank en hij wuift dat ik verder moet gaan. Maar daar heb ik geen zin in. 'U zit in mijn zicht...' roept hij dan.

Aan zijn kwaaie toon begrijp ik dat het dieper ligt. Ik zit helemaal niet in zijn zicht, ik ben gewoon niet langs zijn poppenkast gekomen. Hij kan me niet noteren, dát is het. Als alle auto's zo doen, dan zitten zij daar straal voor nop. Om mijn goede wil te tonen rijd ik een paar meter achteruit. Zo... nu zit ik niet meer in zijn zicht... kom mee Luna, spelen met de bal... Voorlopig rent Luna echter snuffelend rond, hij telt de hondjes, die er vandaag zijn geweest. Bij de poppenkast staat hij een poosje stil. Ineens tilt hij zijn poot op. De broodeter die een vreemd geluid tegen zijn houten schotje hoort, hangt weer nieuwsgierig over de houten toonbank heen.

'Hé...' zegt hij, 'dat mag niet hoor... niet plassen hier...'

Ik besluit om maar helemaal uit het zicht te verdwijnen, de duinen in. Geen geprus met de bal vandaag, gewoon rennen Luna...

Na een uur komen we hijgend terug. De poppenkast staat er nog steeds en wordt door Luna wederom beroken. Pootje omhoog en alweer verschijnt de broodeter over de toonbank heen. Hij werpt mij een misprijzende blik van herkenning toe.

'Dag meneer...' roep ik vrolijk, want we zijn nu bekenden nietwaar. Een beetje stuurs word ik door beiden teruggegroet, maar dat weerhoudt me niet om dichterbij te komen.

'Veel auto's langs geweest?' vraag ik.

'Geen kip...' zegt de broodeter.

Wat een doffe ellende...

'Vanmorgen ging het nog wel,' gaat hij door, 'maar vanmiddag... ze rijen allemaal door en we zitten er voor om te kijken wie er rechtsaf slaat... dat weggetje daar... ze willen weten of ze het moeten verbreden.'

Waarom willen ze dat nou verbreden...? vraag ik me af. Daar komt inderdaad geen kip. 'Je snapt het gewoon niet,' neemt de andere over, 'het gras groeit daar midden op straat, een kind kan zien, dat daar geen verkeer over gaat... Nou ja... lekker rustig dagje vandaag... ik heb gelukkig mijn kruiswoordpuzzeltje bij me... Weet u bij geval een ander woord voor vakantie met zes letters en de eerste letter een v...?'

'Verlof...' schiet me te binnen en hij telt op zijn vingers. 'Klopt,' zegt hij, 'dat zijn er zes... wacht, zal het gelijk effe opschrijven...'

Voor de gezelligheid ga ik over de balie hangen. 'En weet u dan ook een ander woord voor beestachtig, mevrouw? ...'t begint met een h en het eindigt met een s... bij elkaar vijf letters...'

'Honds...' zeg ik snel, want ik zie een auto aankomen en die gaat waarachtig rechts de hoek om. 'Meneer,' zeg ik dus, 'daar gáát er één... U moet opletten... menéér...'

Maar de beide meneren zijn dolgelukkig met het woord honds en dat moet eerst opgeschreven worden. Pas daarna gaat er één over de balie hangen. 'O ja,' zegt hij, 'bedankt... zou die me nog bijna ontglippen... haha... hónds... heb ik me suf op lopen piekeren...'

Dan ineens valt zijn oog op Luna – of misschien komt het wel door dat 'honds' – en zijn gezicht betrekt. 'Die hond mag daar niet tegenaan plassen,' zegt hij, 'dat gaat al de hele dag zo, we zitten finaal voor gek hier met z'n tweeën...'

Het lijkt me beter nu maar te vertrekken. Na veel vijven en zessen krijg ik Luna de auto weer in, alwaar hij à la minute de arrogante blik in de ogen krijgt van 'hond met auto vertrekt van landgoed'.

Terwijl ik start bedenk ik me dat het wel aardig is om rechtsaf de hoek om te slaan. Eigenlijk moet ik rechtdoor... maar nou ja... ik vind het zo naar voor die twee meneren dat er maar niemand die weg op wil. Dus doe ik mijn rechter knipperlicht aan. Direct activiteit in de poppenkast. Er wordt op mij gelet. Eén van de twee zet ergens een streepje. Ik zwaai amicaal en kan niet laten wederom een passend onderschrift te bedenken: 'hond met auto gaat rechts de hoek om'. Als ik dit hardop zeg, voel ik meteen een zware poot op mijn schouder. In de spiegel zie ik hoe Luna mij goedkeurend toeknikt...

Dokter Woudenberg

'En u...?' vraagt de juffrouw in de koffiebar van de Bijenkorf.

'Thee...' zeg ik en ik krijg een glas warm water met een theezakje op het schoteltje. Daarmee loop ik naar een barkruk en ik voel me eigenlijk bedrogen, want in de Supermarkt kan ik twintig theezakjes voor ƒ 1,40 kopen, dat is zeven cent per stuk en als het zakje naast dat glas warm water ligt, kost het ineens twintigmaal zoveel. Voor koffie zal zo'n zelfde redenatie natuurlijk ook opgaan, maar daarbij valt het tenminste niet zo op, je wordt niet met een glas warm water en een paar koffieboontjes op een schoteltje naar een barkruk gestuurd. Goed... daar zit ik dan met mijn theezakje. Ik laat het lekker in en uit soppen en word dan plotseling opgeschrikt door een mededeling die door de Bijenkorf schalt: TELEFOON VOOR DE HEER WOUDENBERG.

De twee dames tegenover mij – de ene met een kwarkpunt en een kop koffie en de ander met een kiwi-gebakje en een glas sinaasappelsap – kijken er ook van op.

'Gut... Woudenberg...' zegt mevrouw Kwarkpunt, 'die ken ik... waar ken ik die van... zit die in de Bijenkorf?'

'Nee,' zegt Kiwi, 'nee, jij zal dókter Woudenberg bedoelen, de dierenarts, maar die is al lang overleden...'

Er gaat een heel warm gevoel door me heen. En niet omdat dokter Woudenberg de dierenarts is overleden, maar omdat ik hem plotseling heel levend voor me zie. In zijn keurige donkerbruine pak met een donkerbruine hoed op zijn hoofd in de keuken van mijn moeder.

Onze 14-jarige hond Lady – die nu al dertig jaar dood is – op het aanrecht.

'Zo...' zei dokter Woudenberg en hij gaf Lady een klapje op haar bips, jij kan nog já-ren mee, dame...' Hij zette haar voorzichtig op de grond en vervolgde: 'En nou de volgende hond, vraag maar of Trixje zo vriendelijk wil zijn om op het aanrecht te komen...'

'Ik had een witte muis,' zegt mevrouw Kiwi, 'een heleboel had ik er, maar die éne die had altijd wat. Jeuk had die en kale plekjes op zijn rug. En dan ging ik met die muis, Ada heette ze, dan ging ik met Ada naar dokter Woudenberg en praatte hij tegen haar alsof ze een raspaardje was. En op een dag zaten er bultjes overal en toen nam hij haar voorzichtig in zijn hand en hij zei: "Onze Ada begint een dagje ouder te worden en we moeten haar helpen want ze vindt het moeilijk om dood te gaan." Nou en toen liet hij haar ergens aan ruiken en toen ging ze dood. Ik weet nog dat hij het lijfje van Ada voorzichtig streelde tot ze niet meer bewoog en toen zei hij: "Ja, ja... we zullen toch nooit vergeten dat Ada ooit op de aarde is geweest..."'

'Ja en wij hadden een kater,' zei mevrouw Kwarkpunt, 'en die heette Wanja, want hij was van Russische makelij. En Wanja vocht altijd met andere katers uit de buurt en op een keer was zijn oor er half af gescheurd. Dokter Woudenberg heeft dat er 's avonds laat nog aangenaaid en de volgende morgen kwam hij bij ons langs om naar Wanja te kijken. "Zo vriendje," zei hij, "ik heb een mooi kraagje voor je meegenomen want ik dacht al dat je niet van je oortje af kon blijven..." En veel later, toen Wanja aan zijn nieren ging sukkelen en toen wij de dokter belden, toen zei hij: "Ik kom wel even langs, want het is zo'n zware tocht voor Wanja." En toen hij kwam bekeek hij hem heel lang en hij schudde zijn hoofd. "Ik wil er nog even een nachtje over slapen," zei hij, "zeventien jaar is natuurlijk een mooie leeftijd, maar als hij de lente nog mag meemaken, dat zou toch wel geweldig voor hem zijn..."'

'Ja en wij hadden ook eens een ouwe hond,' zei Kiwi, 'Mimi... je hebt nog nooit zo'n lelijke hond gezien, maar lief... Veel te dik was ze en overal kale plekken en met een hangbuik want ze had wel achtmaal gejongd. En op een dag was dokter Woudenberg bij ons voor onze andere hond en toen zei hij tegen mij: "Kom morgen maar even bij me langs met het oudje, want ik zie dat ze een wratje op haar lip heeft, het is niet gevaarlijk maar het staat niet zo mooi, dus kan ik het maar beter weghalen." En toen hij dat had gedaan zei hij tegen Mimi: "Zo ben je weer een stuk aantrekkelijker Mimi... je kan weer wedijveren met de dames van de Folies Bergères..."'

De meneer naast mij gaat er zich mee bemoeien. 'Is dat die dokter Woudenberg van de Ieplaan? Ja toch? Die had in de keuken een papegaai staan en als je dan belde, ging de deur vanzelf open en dan riep de papegaai: "Is uw hondje ziek? De wachtkamer is op de eerste etage..."'

De dames Kwarkpunt en Kiwi kijken daar vreemd van op. 'Nee hoor,' zegt Kiwi, 'nee hoor, dat is niet waar, ik heb nog nooit zoiets door een papegaai horen roepen en ik ben er toch járen aan huis gekomen...'

'Ik ook,' zegt Kwarkpunt, 'ik ben er ook járen gekomen en dat heb ik ook nooit horen roepen...'

'Nou, dan heeft u zich d'r mooi tussen laten nemen, want u dacht natuurlijk dat het zijn vrouw was, maar het was zijn papegaai. Want hoe wist u anders dat de wachtkamer boven was, de meeste wachtkamers van de meeste dierenartsen zijn immers beneden...'

Op de gezichten van de dames begint de twijfel zich af te tekenen.

'Ja,' gaat de meneer verder, 'd'r tussen laten nemen hè... door een papegaai... want het was een papegaai, want dat weet ik want ik ben er ook jaren aan huis geweest met mijn beesten.'

'Dus dat was een papegaai...?' peinst Kiwi voor zich uit.

'Ja... d'r tussen laten nemen...' zegt de meneer, je hebt van die mensen, die tuinen overal in.'

De beide dames trekken nu een zuinig mondje, ze pakken hun plastic tasjes en wandelen na een knikje weg.

TELEFOON VOOR DE HEER WOUDENBERG... schalt het nog eens door de Bijenkorf. De meneer kijkt nu naar mij en zegt dan met een hoofdbeweging naar het geluid: 'Stil, niks zeggen... dat is ook een papegaai, want dat weet ik toevallig...'

Moeder wol

Natuurlijk weet ik dat het op de hele wereld barre ellende is, maar wat er bij ons thuis gebeurd is, dat mag u ook niet uitvlakken. Na een jaar van vreugdevol bij elkaar liggen, elkaars oortjes likken en elkaar achterna zitten door het huis, hebben de Abessijnse poezen Odile en Vivica – respectievelijk tien jaar en veertien maanden oud – op het randje van een oorlog gestaan. De kattenhiërarchie staat Vivica namelijk niet toe om als eerste de schone kattenbak in te wijden. Eerst Odile en dan Vivica, zo gaat dat sinds kattenheugenis. Wat Vivica bewogen mocht hebben weet ik niet, maar op een goede dag kraaide de rode haan voor haar en stapte het kleine kreng met de prachtige gouden ogen net vóór Odile over de rand van de kattenbak, waarna ze arrogant één voorpootje reukabsorberende steentjes in het snoetje van Odile smeet. Er volgde één moment van totale verbijstering, daarna wist Odile met een paar flinke meppen een einde te maken aan deze brutale terreur, zodat de rechtstaat hersteld kon worden. Vivica zag bedeesd toe hoe Odile – ernstig voor zich kijkend – toch als eerste in de bak plaste.

De dag erna pakte Vivica – waarschijnlijk na een nacht piekeren – het radicaler aan. Ze sprong weer vóór Odile in de schone bak, begon toen zo wild met haar voorpootje te graven dat er weldra een beschermende wolk van stof en gruis om haar heen hing en er geen sprake kon zijn van doelgerichte meppen. Koninklijk stapte de kleine uitgesaste Pink Panter langs Odile, wier gezichtje veranderde in een bokkenkop waarmee ze een rondje door de kamer ging stampen. Vivica aanschouwde deze parade vanaf haar geliefde plekje op de secretaire, haar kop tussen twee Chinese vaasjes, die de hele dag net niet op de grond vallen. Ten slotte sprong Odile op 'haar' stoel in de serre, alwaar ze gelukkig geplaagd werd door haar eigen lijf, dat wil zeggen: enige vlooien maakten haar er op attent dat ze een eigen lijf had, zodat vetes buiten de grenzen voor haar niet meer bestonden. Als Kennedy indertijd vlooien had gehad, zou er waarschijnlijk nooit een Vietnamoorlog geweest zijn en als de leiders in Joegoslavië vlooien krijgen, wie weet komt er dan ook vrede.

Maar de gram van Odile zat toch diep. In de middag meldde ze zich humeurig bij de keukendeur voor haar dagelijkse tuintje om met een bevriende buurtkater. Deze had 'in afwachting van' al een paar maal over de schutting gebalanceerd en voelde – met één blik op zijn vriendin – direct aan dat de stemming niet opperbest was. Een gesprek vóór de wandeling leek hem noodzakelijk en daarom nodigde hij Odile uit samen met hem plaats te nemen op het schuurtje. Wat er gezegd is kon ik natuurlijk niet verstaan, want uit piëteitsoverwegingen had ik de keukendeur gesloten, maar het ligt voor de hand dat de beide dieren het voorval bespraken en dat de kater – niet alleen belast met een stamboom, doch ongetwijfeld ook met een academische titel, zoiets als psychikater – naar voren bracht dat het hier niet om een onschuldig plagerijtje ging doch om a) een daad gepleegd tijdens bewustzijnsvernauwing, b) een daad die een bewustwordingsproces voorafgaat.

In het geval a) zou Vivica niet toerekeningsvatbaar zijn en dus ter beschikking van de regering worden gesteld. (t.b.r.) In het geval b) had Odile de keuze tussen twee manieren van opstellen:

Manier 1: Erkennen dat door geheimzinnige hormonenmachten de hiërarchie ondergraven zal worden en dat er van nu af aan in Huize Keuls twee gelijkwaardige poezen wonen.

Manier 2: Hoogmoedig blijven roepen: Ik ben blank en jij bent zwart en God in de hemel is ook blank, DUS is hij het met mij eens dat ik eerder dan jij op de kattenbak mag.

Odile koos voor de laatste manier en het kan haar niet kwalijk genomen worden met zoveel allochtonen in onze stad die ze op dezelfde wijze ziet behandelen. Vivica echter was niet van plan midden in haar bewustwordingsproces te blijven steken. Toen ze eenmaal had begrepen, dat het c) Maar de vraag is of God in de hemel blank is en dat d) Zelfs áls God in de hemel blank is, het nog maar de vraag is of DUS Odile eerder op de kattenbak mag – toen ze dat eenmaal had begrepen, begon ze zich uitdagender te gedragen. De stoel in de serre werd brutaalweg door haar ingepikt en Odile kon stampen wat ze wilde, er bleef haar niets anders over dan ten slotte maar de wijk te nemen naar een ordinair kussentje op de grond.

Het kleine kreng met de prachtige gouden ogen veroverde dag na dag terrein. Op alle plekjes waar Odile gewend was te mediteren, koketteerde zij met haar ranke lijf, erop lettend dat zij door haar vroegere meesteres goed gezien werd. Arme Odile, wat kon zij nog anders doen dan – gelijk de Kolonialen – roepen: 'En ik heb nog zoveel voor je gedaan, kijk dan toch naar de wegen die ik voor je heb aangelegd.' Maar Vivica had geen tijd om te kijken. Ze kirde, ze kraaide en ze cultiveerde haar gouden oogopslag. En er zou zeker een politionele actie uit voortgekomen zijn, als niet de MAN VAN HET GAK gekomen was. Want de man van het GAK deed zijn plicht en kwam controleren of mijn echtgenoot inderdaad ziek was. En omdat hij zelf niet ziek wilde worden, deed hij binnen zijn dikke wollen das af. (Want dat zei zijn moeder vroeger altijd: Joop, doe nou binnen je das af, anders heb je d'r buiten niks aan.)

De dikke wollen das gleed van de stoelleuning op de grond, vlak voor de poezen, die er meteen met verheugde voetjes in gingen trappelen. Daarna rolden ze zich eensgezind en luid spinnend in het wollen holletje, dicht tegen elkaar aan en bereid tot nieuwe afspraken. 'Als we nou eens om de andere dag als eerste op de kattenbak gaan... hè... dat kan toch?'

En terwijl ik de man van het GAK met onnodige vragen aan zijn stoel kluisterde, werd daar op Moeder Wol DE VREDE gesloten. Odile likte de oortjes van Vivica. Vivica liet toe dat Odile haar oortjes likte. VREDE. VREDE OP WOL. De man van het GAK moet met zijn dikke wollen das hoognodig eens naar Somalië en Joegoslavië.

Alvijf en pasvijf

Poes Vivica heeft het leven geschonken aan drie wildkleurige Abessijnen. Ze drinken met beverige staartjes, graaiende pootjes en gulzige smekgeluidjes, terwijl hun moeder ligt te spinnen in weelderig welbehagen.

Ze zijn twee weken oud, hun voetjes lijken op bramen en hun oogjes op vlierbessen. Als ze gapen – liggend op hun zij, de pootjes vooruit gestrekt en de buikjes rond gespannen – laten ze een trillend tongetje zien. En als hun moeder de luierwas doet, verschijnen er zachte rimpeltjes op hun buikjes.

Poes Vivica heeft mijn bed als kraambed verkozen zodat het donzen dekbed nu van haar is en dus mag dienen als zachte voering van de bananendoos die haar tijdelijke residentie is. Knipogend naar mij schijnt ze te zeggen: 'Dit bevalt mij uitstekend en bovendien... ik heb hier recht op.'

'Jawel...' breng ik naar voren, 'maar intussen lig ik onder een muffe oude deken.' Vivica laat de oogleden zakken en distantieert zich. Ik begrijp dat de audiëntie afgelopen is en na een laatste blik in de vorstelijke bananendoos spoed ik me naar de buitendeur alwaar een ongeduldige persoon de bel bewerkt. Het blijken er twee te zijn. Twee die niet bij de bel kunnen en daarom maar op elkaar klimmen om toch hun doel te bereiken.

'We komen de poesjes kijken...' wordt me gezegd. Het gerucht is dus al door de straat. Twee dreutels wurmen zich langs me en wachten me op bij de kamerdeur. 'Ik ben ál vijf en zij is pás vijf...' zegt het jongetje en met de klemtoon geeft hij de juiste verhouding aan.

Op de teentjes lopen ze naar binnen. 'Ze hebben een Laura Ashley wieg...' zegt het meisje en ze kijkt vakkundig naar het bloemetjes dekbed in de bananendoos. Mijn uitleg wordt niet meer gehoord, want Alvijf en Pasvijf liggen reeds op de knieën in aanbidding.

'Heerlijke schatjes... heerlijke poezeloetjes... heerlijke, lekkere poezepoesjes...' zegt het meisje en ze zuigt op de woorden alsof het pepermuntjes zijn.

'Maar later worden het katers die overal plassen...' zegt het jongetje.

'Nee, alleen káters worden later katers...' wijst het meisje hem terecht, 'en poezen die worden poezen en die krijgen later kindjes... hè Vivica... hele lieve poezenkindjes...' Vivica onderbreekt haar gefilosofeer en verschuift haar buik, zodat de kleintjes de tepel verliezen. In de doos ontstaat verwarring die door het jongetje wordt verslagen alsof het een rugbywedstrijd is. 'Aóh...' zegt hij, 'hij duwt hem weg met z'n handen... aoh wat gemeen... en een trap tegen z'n buik... aóh... jjjá... nou heeft die 'em beet... vást-hóu-we...' Het gevecht in de doos bereikt zijn hoogtepunt. Een kleine rugby'er duikt onder het vadsige lijfje van een inmiddels zoete drinker en wrikt zich dan omhoog, zodat hij zelf aan de bak komt. De zoete drinker rolt spartelend opzij, maakt een halve draai terug en glijdt dan als een miniatuur krokodil weer recht op zijn doel af. De bramenvoetjes delen rake klappen uit. 't Is vlierbesoog om vlierbesoog en het meisje kan het niet langer aanzien. 'Hélpen...' stoot ze angstig uit en ze komt al met haar handje. Maar het jongetje duwt het handje weg. 'Nee... niet helpen...' zegt hij, 'ze moeten leren vechten. Oom Jaap hè, die heeft zó'n grote boxer en dat was eerst ook zo'n klein poesje en toen later werd hij een grote boxer, omdat hij kon vechten... Je weet toch wel mijn Oom Jaap met die grote boxer?'

Het meisje stopt de duim van het weggeslagen handje in de mond en knikt zwijgend. 'En Oom Jaap,' gaat het jongetje door, 'en Oom jaap weet alles, want hij heeft een boxer...'

Zijn onlogica gaat niet aan haar voorbij. Haar ogen gaan onrustig heen en weer, ze zint op een antwoord en ten slotte ontkurkt ze met een klein plofje haar mond. Maar hij snijdt haar de pas af. 'Jij bent pas vijf...' zegt hij, 'dus jij weet dat nog niet, want jij bent pas vijf...'

Ze wordt niet wanhopig. Ze gaat niet gillen om haar moeder. Ze doet haar duim weer terug in haar mond en strekt het andere handje weifelend uit naar de poesjes. Het jongetje slaat alarm. 'Ze komt eraan...' roept hij naar mij. 'Ze komt eraan en dat mag niet...'

'Jawel,' zeg ik, 'kijk maar, Vivica vindt het goed... en ze doet het voorzichtig...'

'Ik doe het voorzichtig,' herhaalt het meisje, terwijl ze uitdagend naar hem opkijkt. 'Ik doe het héél zacht... Zal ik je laten zien hóé zacht?'

Met één vingertje glijdt ze over het tot rust gekomen donsje aan moeders borst. Het is het kleinste poesje en dat zal wel niet toevallig zijn. Plotseling begint ze er bij te zingen, met een heel hoog en ijl stemmetje.

'Ze kan spelen en kan spinnen... is een hele lieve poes...'

Het wijsje schommelt heen en weer met steeds diezelfde woorden en draagt het ritme over aan het strelende vingertje.

Het jongetje zit haar stilletjes aan te kijken. Hij zou zo

graag ook met zijn vingertje willen komen maar intuïtief voelt hij dat hij dit niet mag verstoren.

'Ze kan spelen en kan spinnen... is een hele lieve poes...'

Plotseling echter gaat het ijle stemmetje over in verbazing, als het poesje omrolt en de vlierbesoogjes haar aankijken. Met haar vingertje tikt ze zachtjes tegen het poezenneusje en het diertje reageert daarop met een trekje.

'Ach...' zegt het meisje in vertedering, 'ach... kijk nou 'es, hij lacht...'

Madurodam...

'Mevrouw heeft u een schaartje bij u, kan u dan even mijn nagel knippen want ik heb een haakje, ziet u wel?'
Er wordt een vettig handje onder mijn neus geduwd. Het bijbehorende jongetje zal een jaar of tien zijn en ziet er net zo afgeknoedeld uit als ik me voel. Ik zoek in mijn tas en vind een schaartje.
'Ach...' zegt hij, 'kan u dan gelijk die andere nagels ook knippen want aan die andere komen ook haakjes en links knippen kan ik niet...'
Ik voer mijn opdracht uit en pak voor de zekerheid ook het linkerhandje, maar hij trekt meteen terug. 'Nee... genoeg... die kant kan ik zelf... Hé bedankt hé... dag mevrouw...' Hij pakt zijn fiets die hij op de grond had neergelegd, rent ermee en springt er dan op. Zo... denk ik, dat is dan mijn goede daad voor vandaag. Ik kijk het jongetje nog even na, pak mijn volgepropte boodschappentas weer op en zwoeg me door de laatste meters naar mijn huis.
Als ik het tuinhek open, staat het jongetje ineens weer naast me. Zijn fiets op de grond met draaiende wielen. 'Heeft u soms een wasknijper voor me?' vraagt hij. 'Een wásknijper...??' 'Ja,' zegt hij, 'voor aan mijn spaken en als u hebt ook een lekker stukje karton er bij.'
'Nou... kom maar even binnen,' zeg ik, 'dan zal ik 'es kijken hè...' Hij loopt voor me uit, hangt zijn jack aan de kapstok en gaat met zijn handen onder zijn kin aan de keukenbar zitten. Die is voorlopig niet van plan om weg te gaan.
'Wil je een glas melk?' vraag ik. 'Ja hoor,' zegt hij en

hij wijst naar de tas, 'en ook graag zo'n lekker stukje krentenbrood...' Dat kan gebeuren. Ik pak een plankje en een mes en als hij twee sneetjes ziet liggen zegt hij: 'En dan met roomboter graag...' Hij smikkelt het zaakje naar binnen en wroet tegelijkertijd in een op de bar staand mandje, waarin mijn hele familie ongeregeld goed bewaart. 'Wat is dat?' vraagt hij steeds.

'O... dat hoort aan een tas, dat is er af gegaan.'

'Waarom zet u het er dan niet aan?'

'Ja, dat vergeet ik steeds.'

'En wat is dat?'

'Dat is een oortje van een antiek hondje.'

'En waarom zit dat niet aan dat hondje?'

'Ja, dat is er af, dat moet er aan gelijmd...'

'Zal ik dat doen?'

'Nee, dat moet héél voorzichtig worden gedaan en met speciale lijm.'

'Door uw man zeker en die doet dat niet... mijn vader ook, die zegt ook altijd: strakkies...'

Zo... dit laat ik aan mijn echtgenoot lezen...

'Hé...' zegt hij ineens, 'dit zijn kaartjes van de bioscoop. Wie gaat er naar de bioscoop?'

'Nee, niet van de bioscoop maar van Madurodam.'

'Wie gaat er naar Madurodam?'

'Ik weet nog niet, ik heb die kaartjes gekregen.'

'Zó-hé...' zegt hij, 'dat is makkelijk, gekregen... en van wie gekregen dan?'

'Van de baas van Madurodam.'

'Zó-hé... van de baas van Madurodam... zomaar gekregen, voor niks... Heeft die voor mij geen kaartjes, of... hé... zullen we samen gaan?'

'Ben je er dan nog nooit geweest?'

'Ja, vroeger, toen ik klein was, maar daar weet ik niets meer van. Ik moest mee omdat ze mij niet thuis konden laten.'

Tja... zo heb ik ook de hele wereld gezien toen ik drie was. Een paar keer heen en weer naar Indië, Napels, Marseille, Parijs... overal hetzelfde middagdutje... dat heb je als je de jongste bent.

'Kom maar mee,' zeg ik, 'drink even je melk op, dan gaan we naar Madurodam.'

Hij gooit zijn glas achterover en springt overeind.

'Moet je eerst niet opbellen naar huis?'

'Nee, nee dat hoeft niet, want het is vakantie en ik hoef pas met het eten thuis te zijn... Gó zeg, gekregen en het zijn hartstikke dure kaartjes...'

Als wij in mijn auto willen stappen, ziet het jongetje midden op straat een dode vogel liggen. Hij rent er meteen naar toe. 'Kom 'es kijken,' zegt hij, 'dóód, aangereden zeker... ach zielig hè, dood... of is hij niet dood...'

'Jawel,' zeg ik, 'kijk maar, het bekje staat helemaal open.'

'En hier zo... bloed... zal ik hem op de stoep leggen, anders wordt die weer overreden...' Ik geef hem een papieren zakdoek en hij legt de vogel op de stoep. Hij staat nog even er naar te kijken. 'Zielig hè...' zegt hij, en stapt dan stilletjes in de auto.

Madurodam zal hem wel op andere gedachten brengen... En inderdaad, tussen de huisjes, de mensjes, de bootjes en de treintjes kletst hij weer honderd uit. Maar af en toe, als hij de vogels tussen de huisjes ziet springen, zie ik hem toch peinzend voor zich turen.

In de auto, op weg naar huis, herinnert hij zich plotseling dat hij nog wasknijpers van me krijgt en 'als het kan een lekker stuk karton...' Het vooruitzicht dat mijn 'ja' hem biedt, doet hem zó opgewonden naar de deur toe rennen dat hij vergeet de vogel te bekijken. 'Ai, dank u wel,' zegt hij, 'en mag ik dan even naar mijn moeder bellen, dan kan ik gelijk vertellen van Madurodam.'

Als hij zijn moeder krijgt is hij even stil. Dan zegt hij: 'Hé mam... ik benne... vanmiddag ben ik... Hé mam... ik heb een dooie vogel gezien joh... lag midden op straat... aangereden met allemaal bloed... en z'n bekje open... zielig hè... hij was hartstikke dood...'

Die kat van dat mens

De telefoon gaat en ik neem op.

'Dag mevrouw,' zegt een jongensstem, 'u spreekt met Mikaël met een k, dus niet met Michaël met ch, nee Mikaël, dat is een Russische naam en ik ben elf en ik zit in de vijfde, maar ik ga naar de zesde en ik heb van u dat boek Jan Rap gekregen, van mijn moeder dus gekregen, máár van u... Eigenlijk, zegt mijn moeder, ben ik er nog te jong voor om het helemaal te begrijpen, maar ik heb het toch gekregen en nou zit ik dus met dat boek. En nou heb ik een neef en die is zestien en die zit op de HAVO en die heeft een boel boeken met handtekeningen van schrijvers en nou wou ik eigenlijk dat boek van u aan hem verkopen en toen dacht ik, ik zal u 'es bellen en vragen of u uw handtekening in dat boek wil zetten, dan ga ik er dus mee naar mijn neef om te vragen of hij het van me kopen wil.'

Ik ben er stil van. 'Nou ja,' zeg ik ten slotte, 'kom maar langs met dat boek.'

'Komt u wel 'es déze kant uit?' vraagt hij, 'mijn kant bedoel ik...' en hij noemt de buurt die hij onveilig maakt.

'Mikaël,' zeg ik, 'als jij een handtekening wilt, moet je de moeite nemen om bij mij langs te komen.'

Hij denkt kennelijk na. Dan zegt hij: 'O... nou ja... ik zal nog wel 'es zien...' Dan groet hij beleefd en legt de hoorn neer.

Na een uur heb ik hem weer aan de telefoon. 'Moet u 'es luisteren,' zegt hij, 'ik ben net bij Frankie geweest, dat is mijn neef weetuwel en die wil dat boek wel kopen van me, als die handtekening er in staat dus en toen die hoorde dat ik nog naar u toe moest, toen zei die: vraag dan even of ik mee kan, want ik wil d'r wel 'es even zien. En toen dacht ik: ik bel gelijk even om te vragen wanneer we dus komen kunnen, zodat we niet voor niks komen, want het is een heel eind, hoewel die Frankie dus, die heeft een brommer en als ik dan een helm leen, dan kan ik bij hem achterop.'

'O,' zeg ik, 'kom dan nu even langs.'

'Nu?' roept hij verbaasd, 'nou dat weet ik niet hoor, dat moet ik dan eerst aan Frankie vragen, want toen ik bij hem was, was hij bezig een plaat op te nemen en hij had nog meer platen om op te nemen, dus ik weet niet of hij nou kan.'

'O... nou weet je wat, zoek het maar met Frankie uit, ik hoor het wel van je.'

Tijdens het eten krijg ik hem weer aan de lijn. 'Nou Frankie die kon dus niet zonet en bovendien is zijn brommer kapot, maar mijn broer Theo die zegt net dat hij ons wel brengen wil, want Theo die is achttien en die heeft een eigen auto en die zegt ik breng je wel. Maar nou heb ik nog een zus, dat is mijn zusje van dertien en ze heet Lydia en die zegt: als je toch gaat dan wil ik wel even mee, want mijn zusje die wil uw kat eventjes zien, als het mag dan, hè, uw kat...'

'Mijn kàt...?' vraag ik.

'Ja, die kat waarover u laatst heeft geschreven, want die wil ze wel 'es zien zegt ze, ze is benieuwd hoe die eruitziet zegt ze en dus wil ze hem wel 'es zien...'

'Nou, ik vind het allemaal best hoor, organiseer het maar...'

'Goed, dan bel ik u nog wel even om te zeggen wanneer we komen zullen, want als we met z'n vieren komen is dat natuurlijk niet zo makkelijk als wanneer ik even bij Frankie achter op de brommer stap...'

Ik begrijp het en dus raad ik hem aan me niet eerder op te bellen dan dat het helse karwei geregeld is. Daar schijnt hij inderdaad veel tijd voor nodig te hebben, want pas na twee dagen belt hij me weer op.

'Ja, met Mikaël mevrouw...' Op de achtergrond hoor ik gegiechel van een meisje, dat door Mikaël tot de orde wordt geroepen met: 'Hou nou op stom kind...' Daarna richt hij zich weer tot mij: 'Ik had het allemaal voor elkaar, we zouden allemaal vanavond kunnen komen, maar nou is het zo dat de auto van Theo die doet het niet, want het is een ouwe auto weetuwel en intussen is de brommer van Frankie weer goed en toen zei ik: dan ga ik wel alleen met Frankie naar d'r toe, maar nou is m'n zusje Lydia, die staat dus naast me nou, die is dus razend, want ze zegt dan kan zij die kat niet zien...'

'Ja jongen,' zeg ik, 'je zoekt het maar uit. Tegen de tijd dat je het weet vertel je me maar wanneer en met hoeveel man je komt.'

Op de achtergrond hoor ik Lydia roepen: 'Mamma, nou zegt die tóch dat die met Frankie komt...'

Mikaël maakt haar weer voor 'stom kind' uit en zegt dan tegen mij: 'Ik bel u nog wel...'

Na drie dagen krijg ik Mikaël weer aan de telefoon. Zijn stem klinkt mat. 'Mevrouw,' zegt hij, 'de auto van Theo is weer goed en we zouden komen, maar nou is de brommer van Frankie weer kapot en dat kost een boel geld om weer te maken en bovendien heeft hij een bekeuring gehad voor te hard rijden en die moet hij zelf betalen en nou heeft hij geen geld meer om dat boek te kopen van mij, dus heeft het ook geen zin om een handtekening te gaan halen bij u...'

Ik bezin mij op een antwoord.

Intussen hoor ik op de achtergrond hoe Lydia zich op de situatie wreekt. 'En die kat,' zegt ze, 'die kat van dat mens die WIL ik niet eens meer zien...'

II

Voorzichtig, voorzichtig!

Voorzichtig, voorzichtig!

Op de stoep aan de overkant van mijn huis stonden twee jonge mannen in een witte overall naast een lange ladder al een hele ochtend met elkaar te kletsen en naar boven te wijzen.

Dat lijkt een lange zin, maar hij kan niet korter. Tenzij ik 'met elkaar te kletsen en naar boven te wijzen' eruit zou laten, maar dat kan niet, want daar gaat het om. Of: 'al een hele ochtend' en dat kan ook niet, want anders had ik me niet zo geërgerd. Of: 'op de stoep aan de overkant van mijn huis' en dat kan weer niet, want anders had ik het niet gezien. Ik zat me namelijk – aan mijn bureau achter mijn typemachine voor mijn raam – al een hele ochtend dood te ergeren aan die twee jonge mannen in witte overall die op de stoep aan de overkant van mijn huis naast die lange ladder almaar zaten te kletsen en naar boven te wijzen. Eerst dacht ik: dat zijn geen schilders, dat zijn glazenwassers. Maar omdat ze geen glazen begonnen te wassen dacht ik: nou schei ik ook uit met mijn arbeid, want ik moet het eerst weten. Na een tijdje kreeg ik in de gaten dat ze niet zomaar naar boven stonden te wijzen, maar dat ze serieus iets aanwezen. Ze wezen een markies aan op de tweede etage. En weer na een tijdje begreep ik het helemaal. Want toen stopte er een auto en die bracht nog een lange ladder, die door de twee jonge mannen in witte overall op drie meter afstand van de eerste lange ladder tegen de muur werd gezet. En toen gingen ze op vier meter afstand van de lange ladders met z'n tweeën staan kletsen en wijzen naar de twee ladders en naar de markies op de tweede etage. Er moest iets gaan gebeuren met de markies, dat was nu wel duidelijk.

Nadat de twee jonge mannen in witte overall een paar keer willekeurig de ladders op en af hadden gelopen, begon er systeem in te komen. De ladders werden definitief ter linker- en ter rechterzijde van de markies neergezet en de overalls zochten in een gereedschapskist naar enig bruikbaar meptuig. Dat werd na ernstig wikken en wegen in achterzakken en lussen gehangen, waarna ten slotte de tocht naar boven met verzwaard achterwerk werd ondernomen. Eenmaal boven begonnen de overalls identieke handelingen te verrichten. Er werd gedraaid, gewrikt, geslagen en getrokken op diverse plaatsen in, aan en op de armen van de markies, met als uiteindelijk resultaat dat deze los kwam van de muur. De overalls hielden de markies boven hun hoofd en daalden voorzichtig en in gelijke tred de ladder af.

Toen ze ter hoogte van het balkon eerste etage waren, verscheen daar een mevrouw die zich ermee ging bemoeien. Ze schoof het raam omhoog en stak haar hoofd naar buiten. En omdat ik inmiddels ook het raam omhoog had geschoven, kon ik mooi alles verstaan. 'Voorzichtig,' zei ze, 'kijk uit voor de verf, het is verleden jaar pas geverfd, stoot er nou niet tegen...'

Op dat moment sloeg de linker overall met de linkerarm van de markies tegen de linkerkant van het raamkozijn.

'Voorzichtig zeg ik nog...' schreeuwde de mevrouw, 'ik zeg nog zo: kijk uit voor de verf, want het is verleden jaar pas geverfd, ik zeg nog zo dat je uit moet kijken...' De mevrouw schoof het raam omlaag en verdween uit het zicht om even later in een jas op de stoep te verschijnen. Met beide armen ten hemel begeleidde ze de laatste fase van de operatie met de reeds bekende kreten:

'Voorzichtig, voorzichtig, kijk uit voor de verf, het is verleden jaar pas geverfd, stoot er niet tegen...' Een zinloze getuigenis van een kleine woordenschat die bovendien een averechtse uitwerking had, want de rechter overall keek even over zijn rechterschouder naar beneden, waarna hij met de rechterarm van de markies tegen de rechterkant van het raamkozijn butste.

'Voorzichtig, voorzichtig...' huilde de mevrouw bijna, 'het is verleden jaar allemaal geverfd, ik zeg het nog zó.'

'O... sorry...' zei de rechter overall en tegen zijn wapenbroeder: 'Ja, laat maar zakken Piet, hou je 'em?... Ja, laat maar kantelen, we leggen 'em eerst effe op de stoep neer...' Met het kantelen sloeg één van de armen nog een keer hard tegen het raamkozijn 'Voorzichtig, voorzichtig...' maar in liggende staat kon er niets meer gebeuren.

Helaas kon hij niet blijven liggen, want de mevrouw legde uit dat de markies naar de buurvrouw moest. Die wilde hem vastgezet hebben boven het raam van de eerste etage, dat was zo afgesproken met de baas van de overalls, dat zouden die mannen tegelijk even doen. Daar hoorden de mannen van op. 'Jawel,' zei de mevrouw, 'dat is zo afgesproken, verleden jaar toen de boel werd geverfd, want toen heb ik voor mijn raam zonwering genomen en toen zei de buurvrouw dat zij die markies wel hebben wou, als jullie hem dan vast konden zetten en dat heeft jullie baas toen beloofd en daar heb ik nou al een jaar over lopen opbellen, en nou jullie er eindelijk zijn, zetten jullie hem vast ook.'

Het raam van de buurvrouw werd aangewezen. De twee overalls keken naar boven en haalden hun schouders op. De ladders werden verzet naar het andere raam.

'Nou vooruit dan maar...' zei de ene overall, 'pak jij die poot Piet, dan pak ik die andere poot...'

Ze pakten de poten vast. Ze tilden de markies op.

En toen begon de voorste overall te lopen terwijl de achterste overall nog stilstond. En toen brak de voorste poot van de markies af.

Lekker zitten

Op een warme zomermorgen wandel ik over het strand. Het is nog vroeg, negen uur, de stad is nog niet losgebarsten. Op de golfbrekers een paar zeevissers; de eerste gezinnetjes komen binnen druppelen; de eerste ligstoelen worden bezet. Strandpaviljoen de Zeemeeuw gooit zijn poorten open. De eigenaar plaatst een bord buiten: *Menu*: Pannenkoeken, Soep van de Dag, Verhuur van windschermen, ligstoelen, kroketten.

Lijkt me onsmakelijk verhuren, die kroketten, daarom bepaal ik me maar tot een ligstoel. Het lijkt me heerlijk om eens lekker te zitten. Maar het begint al goed. De nylonbespanning scheurt van de houten lat en na nog geen twee minuten zit ik pardoes op de grond, met beide ellebogen schuin omhoogwijzend op de armleggers. Een nogal opvallende houding waaruit ik me niet zo vlug kan redden. De eigenaar snelt naar me toe en reikt mij de hand. 'Alweer zo'n kreng naar de knoppen,' zegt hij, 'ik zal u gelijk effe een nieuwe geven...' Hij gaat weg en keert weerom met 'de nieuwe'.

'Doet het zeer?' vraagt hij me, als hij ziet dat ik mijn ellebogen sta te wrijven.

'Een beetje...'

'Nou...' zegt hij, 'tóch hebt u geluk gehad hoor, 't zijn krengen van dingen, meestal kom je d'r beroerder van af. Een neef van me, die daar verderop staat in een strandtent, die heeft wel 'es een klant gehad... zakte d'r door... zó twee vingers er af... kwamen ertussen, hierzo, bij die schaar... ja, als zo'n stoel in elkaar klapt en toevallig zitten je vingers daar, dan héb je dat...'

De eigenaar heeft 'de nieuwe' uitgezet en gebaart dat ik plaats kan nemen. Dat doe ik en ik zorg ervoor dat ik mijn vingers uit de buurt van 'die schaar' houd, maar: 'Wácht, wacht, wacht...' roept hij en ik schiet als een raket overeind.

'Hij zit van achter niet goed...' zegt hij, 'ik zal hem een gleufje lager zetten, want ik zie dat het hout is uitgesleten en dat is levensgevaarlijk... dan kán je toch een doodsmak maken...' Hij prutst wat aan de achterkant en praat bemoedigend verder: 'Ik heb wel 'es gehoord van iemand, die gaat zitten en de achtersteun schiet uit de gleuf, páts... slaat zó achterover. Mooi dat er een ambulance aan te pas moest komen... Ja, normaal kan er niks gebeuren natuurlijk, maar toevallig lag er achter die stoel een ingeklapte parasol met zo'n ijzeren stang, nou ja... als je dáár met je harses tegenaan valt, heb je toch heus je nek gebroken... Zo...' zegt hij, 'u kan weer gaan zitten, 't staat zo vast als een huis...'

Ja, dat kan hij nou wel zeggen, maar voor de zekerheid kijk ik toch maar achter me of er geen ingeklapte parasol met ijzeren stang ligt... mijn vingers goed weg van de schaar... juist... ik laat me zakken.

'Wácht,' roept hij nog net op tijd, want ik zit bijna. 'Onder de teer,' zegt hij, 'wát een rotzooi, heeft iemand natuurlijk aan zijn voeten gekregen en toen met zijn voeten op die stoel, hoe gaat dat... Zo kan u niet gaan zitten hoor, ik zal wel even een doekje met terrepetine halen. Levensgevaarlijk die teertroep, laatst ook een dame, had het in haar oog gekregen, móói dat ik haar naar het ziekenhuis kon brengen, was bijna blind, wacht even, ben zo terug, even terrepetine halen...'

Wat een ellende, denk ik... vingers eraf, nek gebroken, zo goed als blind... en ik wil alleen maar even lekker in het zonnetje zitten... Hij komt terug met een grote fles Cinzano en een flodderig doekje. 'Hierzo,' zegt hij en hij tikt tegen de fles, 'ook zo mooi, Cinzano staat er op, maar móói dat er terrepetine in zit... levensgevaarlijk, drankflessen worden in de verfwinkel gevuld met terrepetine. Laatst hoorde ik van iemand, die had ervan gedronken, is bijna de pijp uitgegaan. Mooi dat de politie er bij moest komen. Ze hebben hem met loeiende sirene door het verkeer geloodst om maar op tijd in het ziekenhuis te komen. Zó...' zegt hij, 'die teertroep is er af, ga maar lekker zitten...'

Lekker zitten, ja... Eerst maar 'es even kijken of er geen ingeklapt parasolletje met ijzeren stang achter me ligt. Vingers wég van de schaar, nergens meer teer?... en uit de buurt van die fles blijven. Zo, hè-hè nu ga ik dan eindelijk lekker zitten...

'Wácht,' zegt hij weer en als de gesmeerde bliksem schiet ik omhoog.

'Nee, blijf maar zitten, ik wou alleen zeggen, ik wáárschuw u wel...'

'Waarschuwen...??' zeg ik argeloos, 'waarvoor, voor wát?'

'Voor als er wat gebeurt,' zegt hij.

'Maar wat kán er dan gebeuren???'

'Van alles,' zegt hij, 'u kan levend verbranden in die stoel, móói dat morgen de vellen er bijhangen. Maar maak u geen zorgen, als ik zie dat u in slaap valt, dan waarschuw ik u wel... ga maar lekker zitten...'

Lekker zitten... Ik zucht en klem mijn vingers krampachtig om de leuning alsof ik een zware tandartsbehandeling moet ondergaan.

Parijs

Mijn vriendin weet een klein hotelletje in de Rue Beaubourg.

'Vroeger,' zegt ze, 'vroeger zat daar een ouwe vrouw in een rolstoel achter een loket met een revolver naast zich. Als je aanbelde, drukte ze op een knopje en dan moest je je bij haar komen melden.'

Sensatiebelust loop ik met haar mee, maar als we aanbellen, worden we opengedaan door een lichtblauw trainingspak, waarin een dikke, kauwende Fransman zit. Hij luistert emotieloos naar ons verzoek en overhandigt ons dan nonchalant de sleutel van een kamer op de derde verdieping. '58 Francs per nacht. Extra bed 10 francs. Douche 10 francs. Petit dejeuner 10 francs...'

Hij kijkt hoe we onze tassen de trap op zeulen en als we boven zijn hoor ik hem roepen – tegen de kat of tegen zijn vrouw, dat kan ik niet zien: 'Merde... heb jij intussen het vlees opgegeten...?'

We laten ons grinnikend op bed vallen. Ja... dit is Parijs. De vorige nacht hebben we per ongeluk doorgebracht in Hotel West End op de Avenue Montaigne. Bij de deur werd de bagage uit onze handen gehaald en via marmeren gangen en een koperen lift kwamen we terecht in een rozig, zijden slaapvertrek met aangrenzende luxueuze badkamer. Vluchten kon niet meer en daarom hebben we het bad maar laten vollopen en vanmorgen met een gracieus gebaar 450 francs neergeteld. En nu liggen we dan op oranje gebloemde spreien te kijken naar rood bloemetjesbehang en hardroze gebloemde gordijnen, in een kamer met een krakkemikkige linnenkast, een tafeltje met een rood gebloemd tafelkleedje, een wastafel, een bidet en luiken voor de ramen. Even de oogjes dicht en dan rap andere schoenen aan, want we zijn van plan uren door Parijs te lopen.

Nog geen vijf minuten van ons hotel ligt Le Centre Pompidou. Op de plaats waar vroeger De Hallen stonden, staat de schrik van Parijs, een geheel doorzichtig bouwwerk, het materiaal lijkt voornamelijk glas te zijn. Alles wat zich binnen afspeelt is vanbuiten te zien. Liften gaan overal op en neer, mensen krioelen door elkaar. Over de hele voorkant, diagonaalsgewijs een glazen koker die de roltrappen bevat. Hij doet me denken aan een dikke rups die een blad opvreet.

Op het voorplein hebben mensen kringetjes gevormd om muzikanten, vuurvreters, balletdansers, acrobaten en karretjes met gepofte kastanjes. Er wordt gelachen en geapplaudisseerd. Muntstukken worden in blikjes en hoeden geworpen. Plotseling klinkt er geschreeuw. Er klimt een oude man op het standbeeld midden op het plein. Zijn fiets, beladen met tassen vol kranten, heeft hij tegen de sokkel gezet en met een vatenkwast maakt hij zegenende gebaren. In zijn andere hand heeft hij een klerenhanger waarmee hij regelmatig achter zich tegen het standbeeld slaat en omdat dat hol is en van metaal, lijkt het net of hij een oud ambacht beoefent. De oude man windt zich steeds erger op, hij zakt half door zijn knieën en wijst op zijn krantentas.

'Gelogen...' roept hij, 'alles gelogen... alles wat in de krant staat... gelogen, gelogen... Weg met de politici, geloof ze niet want ze liegen... ze beloven maar ze doen niets. Wég met de Banken, de bankdirecteuren zijn bedriegers... ze bouwen huizen met zwembaden van ónze centen... Wég met de verzekeringsmaatschappijen, want ze zeggen dat ze er voor ons zijn maar ze zijn er voor zichzelf... Wég met de oliemaatschappijen en de grote modehuizen... Wég met de grote lieden die appartementen bewonen op de Avenue Foch en weg met Le Centre Pompidou, de oude Hallen moeten hier terugkomen... Parijs voor de échte Parijzenaar... voor de man van de straat, de conciërge, de metromachinist, de bakker en de slager... Wég-weg-weg, alle indringers weg... en wég met alle kapitalisten...' Driftig slaat hij met zijn klerenhanger en er wordt gejoeld en geapplaudisseerd. Het oude mannetje voelt zich aangemoedigd en maakt een rondedansje om het standbeeld heen. De vatenkwast klemt hij in zijn tandeloze bekje en met de vrijgekomen vingertjes maakt hij het klassieke betaalgebaar. Hij klautert van de sokkel af, maakt zijn fietstas open en haalt er een krant uit die hij te koop aanbiedt. 'Alles gelogen wat hier in staat...' roept hij weer, 'léés... koop de krant en lees, dan weet je dat alles gelogen is...' Een antireclame die zó goed werkt, dat de eerste kopers zich komen melden.

Wanneer de verkoop stokt, beklimt hij het standbeeld maar weer. Nu met andere attributen: een fietspomp en een klerenborstel. 'Gelogen, gelogen...' roept hij weer, 'mensen, mensen, laat je niet pakken. Ik ben een oude man en ik heb veel gezien. Als ik jong was... ja, als ik jong was en wist wat ik nu wist...' Hij wijst met de klerenborstel naar een groepje jongeren in zijn gehoor en bekrachtigt dat met een slag van de fietspomp tegen het standbeeld. 'Als ik zo jong was als jullie en wist wat ik nu wist... dan was ik de Revolutie begonnen. Maar ik wil jullie wel vertellen wat ik nu weet, dan kunnen jullie voor mij de Revolutie beginnen... Dichterbij... kom dichterbij... dan zal ik het jullie vertellen...'

Hij buigt zich voorover en zegt op geforceerde fluistertoon: 'Want ik ben één van de weinigen die het weet... het is allemaal gelogen en dat kan ik je bewijzen...' Hij klautert weer van de sokkel af. 'Hier... koop mijn krant, lees mijn krant, koop en lees en zeg het voort... want het is gelogen... hier... koop mijn krant...'

Wat zég je...

Vóór mij, aan een tafeltje met een parasol, zit een charmante dame koffie te drinken met haar mama. Ik neem tenminste aan dat het haar mama is, want beiden hebben ze iets in hun gezicht dat er na tien generaties nog niet uit zal zijn. Het bewijs daarvoor wordt me meteen geleverd in de vorm van een ongeveer tien jaar oude dochter, die plotseling op komt dagen en die ook dat 'iets' in haar gezicht heeft.

'Waar kom je vandaan, Barbara?' vraagt de oude dame.

Maar Barbara doet net of ze de vraag niet hoort en tuurt in een potje, gevuld met viezigheid uit de naburige sloot.

'Barbara,' zegt de charmante, 'didn't you hear your granny, where did you come from?'

Aha, een Engelstalige Barbara dus. Mijn hersens combineren alvast: de charmante is zeker geëmigreerd en nu weer terug met vakantie. In ieder geval is zij gehuwd met een heer die het breed heeft hangen.

'Zeg 'es tegen d'r...' zegt granny, 'dat ze die kom niet zo tegen d'r jurk aan moet houden, das toch smerig..'

'Barbara,' zegt de charmante, 'your granny says... and I believe she is right...'

Maar Barbara laat ma en grandma kletsen. Ze heeft een stokje te pakken en roert hartstochtelijk in haar potje drab. Ik zie dat de charmante van kleur verschiet, ze slikt een paar maal maar weet zich te beheersen, want op de eerste plaats is zij een dame.

'Barbara...' zegt ze, 'come along with your father...' en dan ga ik nu maar verder in het Hollands, dat vind ik al moeilijk genoeg. 'Jij gaat met je vader mee en ik blijf nog even met oma hier zitten... hóór je me, Barbara...?'

Barbara hoort niks. Ze pakt een koekje van oma's schoteltje en kruimelt het in haar potje.

'Ik vind het toch zo vervelend,' zegt granny, 'dat je dat kind geen Hollands hebt geleerd, ik kan d'r helemaal niks zeggen.'

'Bárbara...' zegt de charmante ar-ti-cu-le-rend, 'je vader zoekt al die tijd naar je, laat dat potje staan en ga kijken waar je vader is.'

'Wát zeg je – wát zeg je...' wil granny meteen weten.

'Dat ze d'r vader moet zoeken.'

Ik zie dat ze nu groen begint te worden van ergernis, maar niettemin blijft ze keurig.

'En zeg 'r dan ook dat ze die kom niet zo tegen d'r jurk moet houden, da's toch smerig...'

De charmante vertaalt ogenblikkelijk: 'Your granny says...' Maar Barbara heeft lak aan wat granny says, ze verzet geen stap en begint weer met haar stokje te kledderen.

'O...' zegt granny, 'ik heb helemaal geen vat op dat kind, laat ze nu maar met d'r vader mee gaan, d'r hele jurk wordt smerig.'

'Barbara...' zegt de charmante, 'hoor je wat granny zegt, gá naar je vader.'

En o-wonder.. Barbara's mond gaat open. 'I don't care...'

'Wat zégt ze – wat zégt ze...' granny als de kippen erbij.

'Dat ze geen zin heeft...' vertaalt de charmante niet zo erg nauwgezet.

'Helemaal mooi...' roept granny, 'zeg 'r dat ze móét... en dat d'r jurk smerig wordt.'

De charmante krijgt het er warm van, ze gluurt om zich heen of er misschien iemand mee luistert en ik ben wel zo verstandig om me in mijn boek te verdiepen.

'Bárbara...' probeert ze nog éénmaal, 'doe me een plezier, gá je vader zoeken.'

Nou krijg ik het warm, want hoe ter wereld kun je zó netjes blijven en zó kwaad worden tegelijk?

De enige die er koud onder blijft, is Barbara. Ze tuurt en tuurt en roert en roert in haar potje.

Maar nu verliest de charmante dan toch haar geduld, haar Engelse taal en haar goeie manieren.

'Bárbara...' krijt ze, 'als je niet gáuw met je vader meegaat, dan krij-je al die vissies in je bek...'

Zo... da's zuiver Hollands, we zijn er allemaal opgelucht van. Granny krabt onder d'r hoed, de charmante snuit haar neus hard en oncharmant en ik-in-mijn-zenuwen bestel bier bij een langskomende ober. (Toch 'es aan mijn psychiater vragen of bier misschien een rol speelt in mijn onderbewuste.)

Het meest opgelucht is Barbara.

Ze mag dan de Hollandse taal niet verstaan, met de toon heeft ze geen moeilijkheden.

Ze duwt granny haar potje visjes in handen en met een hoerasprong zet ze de vlucht naar de vrijheid in.

Granny loert in de dril als een waarzegster in een glazen bol en ze presteert het om er ouwe koek uit te halen: 'Moet je zien...' zegt ze, 'm'n hele jurk smerig...'

Open haard

Soms moet er een foto van me worden genomen. Voor de krant ofzo. Dan wordt er een afspraak gemaakt en op het bewuste uur wordt er van me verwacht dat ik met gekamde haren en met knopen aan mijn bloes op de sofa zit. Als ik daar nou maar mocht blijven zitten, zou er geen vuiltje aan de lucht zijn. Maar de meeste fotografen 'vallen' op de open haard. Die moet ik dan aansteken om vervolgens plaats te nemen bij de rookzuil die het eerste half uur wordt geproduceerd. Ik heb ook eens een dagsluiting voor de televisie moeten doen. Opnamen thuis. Voor de open haard, ja precies, omdat dat zo'n mooi plaatje is. Ik had een tekst geschreven, die ik losjes in de hand moest houden en waarop ik af en toe een sluikse blik mocht werpen. Omdat ik geen routinier ben sloeg ik doorlopend zinnen over, waardoor we steeds opnieuw moesten beginnen. De felle lampen op me en het in middels aangewakkerde vuur achter me hadden zo langzamerhand een tosti met ham van me gemaakt, vandaar dat ik na de laatste zin mijn tekst smartelijk achter me smeet en – helaas te vroeg – met 'Mensen ik-stik' van de vlammen wegsprong. Mijn regisseur had het vermoeden dat de Omroep in wiens opdracht ik sprak, dit spontane einde niet zou kunnen waarderen en achtte het raadzaam maar weer eens opnieuw te beginnen. Maar waar was mijn tekst? Juist, achter mij, weggeteerd door de vlammen. Gelukkig had ik nog ergens een doorslag, zodat ik weer plaats kon nemen voor het statusvuur, want dát hebben andere mensen van mijn open haardje gemaakt. Want zoals een boodschappenwagentje hoort bij mensen van een bepaalde leeftijd, zo koppelt men een open haard aan mensen die zich een plaats hebben verworven in onze maatschappij.

Eerst woon je op een kamer, dan op een zolderetage met de luiers om een kacheltje heen, je verhuist naar een torenflat, waar je wanhopige pogingen doet om het contact met je kinderen in de zandbak niet te verliezen en van lieverlede kom je wat groter te wonen. Ten slotte... als je er eigenlijk niet meer in gelooft... kom je in het huis waarin je altijd al hebt willen wonen. Een huis met een tuin en met gangetjes en deuren ergens naar toe, een ouwe granieten vloer en een vlaggenstok aan het balkon, waaraan je nog maar voor één kind een schooltas zal kunnen hangen, want voor de andere kinderen is het huis te laat gekomen. Je staat krom van de hypotheek, je cijfert je een weg door de offerte van je aannemer... dit kan je laten doen, maar dát moet je doehetzelven. Je droomt nog even van de elektrische keukenapparaten die het eigendom zijn van de generatie Rad van Fortuin, maar daar kom je glimlachend van los... ach nou ja... je hebt het al zoveel jaren zonder afwasmachine gedaan. En bovendien, je hebt je hersens bij iets anders nodig, bij het kiezen tussen het laten repareren van het dak, het laten schilderen van het buitenwerk en het laten maken van je open haardje. Het laatste staat te lonken boven aan je lijst, het eerste is het meest noodzakelijk. Met je kop in het zand ga je ten slotte door de knieën. Tenminste... zo is het met mij gegaan. Urenlang heb ik met vellen papier op mijn schoot gezeten om een haard te ontwerpen die het dichtst bij mijn karakter kwam. Het zou waarachtig niet gek zijn om de opdracht *teken uw eigen open haard* tot vast onderdeel van een psychologische test te maken. Ten slotte kwam ik met een perspectiefloos symbool uit de bus, maar het heeft de geboorte van mijn open haard niet in de weg mogen staan, want mijn aannemer is een groot gedachtelezer. En toen was de dag daar... de dag dat wij onze stoeltjes bij het vuur konden schuiven... Wij spraken alleen nog maar over de open haard. Over hoe lekker die brandde, hoe heerlijk die rook en hoe zwart de stenen al werden. We poften kastanjes, grilden varkenslapjes, zetten totaal ondrinkbare kruidenthee en verpestten onze ogen omdat we per se zonder lampen bij het vuur wilden lezen. Eén grote verlakkerij, waarin we ons wentelden en koesterden onder een lekkend dak en achter een wegbladderende voorgevel. Een verlakkerij waarin ik nog steeds vrijwillig wens te geloven, zoals ik geloof in de gezichten die ik in de wolken zie. Het is mijn eigen verlakkerij in de vorm van mijn eigen open haardje, dat ik niet heb omdat ik er ben, maar omdat ik in al mijn onzekerheid zo graag iets wil zijn. Gelukkig wil zijn, dromer wil zijn, kind wil zijn... al was het maar even.

En daarom laat ik me niet meer vangen voor het statusvuur dat mijn huis in waarde heeft doen vermeerderen. Door geen enkele fotograaf en voor geen enkele dagsluiting. Zet mij maar gewoon in mijn panterbontjas, onder de juwelen, met m'n ziel onder mijn arm, op mijn zeewaardig zeiljacht, naast mijn antieke klok, aan mijn bar, on the rocks, voor mijn Rembrandt, tussen mijn relaties, door de wol geverfd, uit de brand, zonder zorgen, bij de tijd en tegen beter weten in op mijn nieuwe zuiver wollen vloerbedekking.

Want dán begrijpen we elkaar.

En als iedereen dan weg is, steek ik lekker kneuterig en knus mijn eigen open haardje aan.

Kon beter...

Mijn buurmeisje toont mij trots haar eindrapport – zeven, zeven, zeven, hier en daar een vijf en een zes, en half weggemoffeld onder haar duim een zure opmerking van haar klassenleraar: 'Mager resultaat i.v.m. te veel kletsen'.

Ik zit weer terug in de rapportentijd en ik hoor weer hoe mijn jongste dochter – nu zelf moeder van twee zoontjes – mij voorbereidt op eventuele slechte resultaten. 'Ik heb natuurlijk wel wat onvoldoendes,' zegt ze kalmweg, 'maar ik ben nog goed vergeleken bij de anderen. Die hebben er véél meer dan ik. Voor geschiedenis bijvoorbeeld, daarvoor heeft iedereen een drie of een vier en ik heb nog een vijf, ik ben juist ont-zétténd goed zegt de leraar...'

Die verhaaltjes horen erbij, weet ik. Mijn buurmeisje zal ze vertellen en waarschijnlijk heb ik ze zelf ook opgehangen, met rollende ogen om de zaak geloofwaardiger te maken.

In ieder geval zijn ze amusanter dan het commentaar van al die leraren, die door de jaren heen mijn kinderen hebben begeleid. Zeventien jaar lang hebben dochters van mij achterstevoren in hun bank gezeten, naar buiten gekeken, hun huiswerk niet gemaakt, heen en weer gewiebeld, niet opgelet, gegeten onder de les, gespijbeld, gekakeld, gegiecheld, gespiekt en in alle talen voorgezegd. Zeventien jaar lang kreeg ik op ouderavonden de wind van voren, alsof ik ze persoonlijk tot deze activiteiten had aangezet. Zeventien jaar lang kreeg ik te horen: Mevrouw het spijt me dat ik het u moet zeggen... maar uw dochter spant zich nauwelijks in, ze kan veel beter...

Om dat laatste nog eens te onderstrepen, stond er behalve de cijfers ook nog op het rapport: Aardrijkskunde: kan beter. Geschiedenis: let niet voldoende op. Nederlands: moet veel harder werken. Alle talen: kan veel beter. Commentaar van de Rector: moet beter kunnen...

Daar wordt een mens toch moedeloos van. Daartegen moet je je toch verdedigen nietwaar, met smoesjes onder andere, die mijn dochter tegen mij ophing.

Zo'n rapport met commentaar zet me iedere keer weer aan het denken. De ene mens beoordeelt de andere en zegt: jij kan veel beter. Dat zal best waar zijn ja. Maar misschien, als je het ene beter doet, doe je het andere weer slechter, of helemaal niet, of maar half. En misschien kán je gewoon niet beter, wie zal het zeggen?

Laten we nu eens een willekeurig kind nemen. Dat kind heet Jan, Jan Mijneman. Jan Mijneman is een brave knul, hij helpt ouwe vrouwtjes met takkenbossen over de brug, maar toch heeft hij op de Lagere School al te horen gekregen dat hij veel beter kan. Met die last op zijn schouders en een middelmatig verstand doorloopt hij de Brugklas en omdat men verwacht dat hij beter kan, wordt hij voorwaardelijk bevorderd naar de tweede klas van het VWO. Daar begint de ellende pas goed voor Jan Mijneman. Hij zit de hele dag met zijn neus in de boeken, maar het lukt hem maar niet. Met Kerstmis wordt hij overgeplaatst naar een havo-klas. Het jaar daarop gaat hij met de hakken over de sloot over naar de derde. Blijft een keer zitten. Gaat over naar de vierde. Sukkelt door naar de vijfde. Zakt voor zijn eindexamen en doet het met de moed der wanhoop nog eens over. Ten slotte slaagt hij na een herexamen, maar hij sláágt. En op al zijn rapporten heeft gestaan dat hij beter kan.

Jan Mijneman hoeft niet in dienst. Hij wordt afgekeurd, want ook zijn lichaam kan beter. Hij gaat naar de Pedagogische Academie. Ook daar krijgt hij iedere drie maanden een rapport waarop staat dat hij beter kan. Ten slotte is hij dan toch onderwijzer, hij krijgt zijn eigen klasje en op zijn manier zet hij zich daar helemaal voor in. Maar het vreemde is, dat iedereen blijft denken dat hij beter kan. Zijn vrouw vindt dat hij zich meer met zijn gezin moet bemoeien. Zijn ouders vinden dat hij zijn gezicht meer moet laten zien. Het Hoofd vindt dat hij meer buitenschoolse activiteiten moet verrichten. De inspecteur vindt dat hij meer initiatief moet tonen. Zijn collega's vinden dat hij collegialer moet zijn. En iedereen spreekt zijn oordeel maar uit: Jan Mijneman zou veel beter kunnen...

Ten slotte is Jan Mijneman moe. Moe van alles. Moe van alles dat hij niet heeft gedaan. Of niet goed genoeg heeft gedaan. Doodmoe. Dood. Jan Mijneman is hartstikke dood.

Hij wordt begraven en iedereen huilt. Want hij is te vroeg doodgegaan. Hij had nog veel meer kunnen doen. Hij had nog veel meer kunnen bereiken. Maar het is er niet van gekomen. Omdat hij zijn gaven niet goed heeft benut, denkt de één. Omdat hij zijn tijd niet goed heeft gebruikt, denkt de ander. Omdat hij dit en omdat hij dát. Maar niemand heeft de moed om het hardop te denken. Niemand heeft de moed om een eerlijk grafschrift voor hem te maken. En daarom doe ik het maar:

Hier ligt Jan Mijneman
Hij kon beter

Kraaltje

Tijdens mijn ochtendwandeling door de duinen tref ik midden tussen de rozenstruiken een nijver man aan. Aan zijn arm hangt een plastic tasje waarin hij regelmatig iets gooit en een eindje verderop staat een tweewielig boodschappenwagentje. Als ik na een groet nieuwsgierig bij hem stil sta, is hij direct bereid zijn aanwezigheid tussen de rozen te verklaren. 'Ik pluk rozenbottels...' zegt hij, 'dat is een heel precies werkje, want u moet niet denken: rozenbottels zijn rozenbottels en plukken maar... ik kies ze heel zorgvuldig uit... kijk... déze bijvoorbeeld... dat is een juweeltje van een zongestoofd rood kraaltje, de dauw is er op stukgeslagen en het kroontje hangt als een tongetje uit zijn mond.'

Voorzichtig houdt hij het vruchtje tussen vinger en duim en met een kort rukje trekt hij het los van de steel. Met een glimlach houdt hij het op tegen de zon. 'Schitterend,' zegt hij, 'op dit uur van de dag zijn ze nog het mooist... alstublieft mevrouw... déze mag u van mij hebben.'

Met een teer gebaar legt hij het rode kraaltje in mijn hand en behoedzaam krom ik mijn vingers er over alsof ik bang ben dat het me ontglippen zal.

'Ja, ja...' zegt de man, 'zo heb ik er al duizenden geplukt mevrouw... ik ken alle struiken hier in de buurt, zo tegen het voorjaar houd ik ze al in de gaten. De eerste uitlopers zijn in de regel het minst vruchtdragend, dat zijn maar praatjesmakers, zeg ik dan, ze staan met hun kop in de wind een beetje protserig te doen, elkaar de ogen uit te steken van "kijk mij-eens-lekker-uitgelopen-zijn..." Nee... "je ware" ken je aan zijn eenvoud. Hier op de hoek, die struik... ach loopt u even met me mee... dáár staat een rasje mevrouw... Ieder jaar werpt ze dezelfde volle kraaltjes... láát in het groen – maar daar kan ze mij niet mee om de tuin leiden – en láát in de knoppen... ze speelt een spelletje mevrouw, maar ik heb haar door en ik speel graag met haar mee. Ze heeft een uitgelezen plekje hier, pal op het zuiden, vrij van wind... een puik plekje, waar ze nog jaren met haar spelletje door kan gaan.'

Ineens keert hij zich af van de struik en pakt hij me bij de arm. 'Verleden week heb ik zeven kilo rozenbottels geplukt. Daar heb ik bijna vijftien potten jam uit gekregen. En vandaag is het donderdag en in de ijskast heb ik al zeven kilo liggen... ik denk dat ik ze vanavond al ga moezen, ik maak er geen jam van deze keer... de kroontjes eraf, goed wassen, wat regenwater er bij en nét aan de kook brengen... dan tien minuten zachtjes laten prutten en zo van het vuur de zeef in... afkoelen en zonder suiker de ijskast weer in... dan hebben we morgenavond voor alle kleinkinderen weer een lekker bakje kraaltjesmoes... en léuk dat die mormeltjes dat vinden...'

Hij grinnikt voor zich uit en tast met zijn hand de struik weer af. 'Ik hóór u denken...' zegt hij. Als ik hem vragend aankijk, schudt hij lachend zijn hoofd. 'Ja, ja... ik hóór u denken: heeft zo'n man helemaal niks anders aan zijn kop... Chttt... niks zeggen... natuurlijk wel... zorgen zat... Ik ben banketbakker geweest, vijf jaar geleden eruit gestapt... altijd bezig geweest met mijn handen... Van vaders zijde heb ik de liefde voor mijn vak, want mijn grootvader had al een bakkerij en hij is toen ook met die jam begonnen... gelei, zei die – van pruimen en frambozen... Als kind liep ik al met hem mee door de moestuin en naar de pruimenbomen en dan wees die ze aan... kijk, zei die... dáár en dáár moet je op letten... Die rozenbottels, dat is niet zijn idee, daar ben ik zelf mee aangekomen. Want in die tijd... wie dacht er toen aan vitaminen? Vandaag de dag, nou de mens voelt dat die ten onder gaat, nou klampt die zich vast aan de kleinste dingetjes van de natuur... Kijk... en dat vind ik nou het aardige... wie had nou gedacht dat wij het moesten hebben van een handje zongestoofde kraaltjes...? En toch mevrouw, de dag is niet ver dat we alle plekjes die we nog hebben moeten beplanten met wilde rozen... en dan eind september voor iedereen een vrije dag om de vitamientjes voor het hele jaar te oogsten...'

Inpakken meneertje

Het charmante van Sinterklaas vind ik Sinterklaas zelf. Het volstrekt anonieme van Sinterklaas zelf. Want hij is iedereen en niemand, de wiskundeleraar en de buurman en daarbij ongevaarlijk, juist door die anonimiteit. Het charmante van Sinterklaas vind ik ook dat we allemaal (de niet-gelovers) moeite doen om die anonimiteit te doorbreken. Want wie is het dit jaar? De buurman, de wiskundeleraar? We willen het weten, we willen tegen hem knipogen en zeggen: ik weet wie je bent, maar ik zeg lekker niks. We doen alle moeite om te ontdekken wie de mens in het Sinterklaaspak is, maar tegelijkertijd ontzeggen we hem elk menselijk trekje. Want Sinterklaas mag niet de hik hebben en niet stotteren of lispelen en wat zijn uiterlijk betreft, zelfs zijn maten liggen vast, want hij moet passen in het pak dat al jaren voor hem klaar ligt. Zodra er iets gebeurt waardoor de mens in het pak ontmaskerd wordt, kan Sinterklaas wat je noemt wel 'inpakken'. Zoals de nieuwslezer kan inpakken wanneer hij het nieuwsbulletin van eigen commentaar voorziet. Wanneer hij plotseling onbedaarlijk begint te lachen om wat hij staat te lezen, of als hij staat te vloeken bij het slechte weerbericht. Inpakken meneertje. Inpakken en wegwezen. We zoeken wel een ander. Even geduld a.u.b.

De vermenselijking van de nieuwslezer is het einde van de nieuwslezer. De vermenselijking van Sinterklaas is het einde van Sinterklaas. Zo'n einde heb ik éénmaal meegemaakt, toen mijn kinderen nog op de lagere school zaten. Ik behoorde toen tot een groepje moeders dat het Sinterklaasfeest voorbereidde. Voor Sinterklaas hadden wij een schitterende verschijning gevonden – de muziekonderwijzer – die werkelijk aan alle voorwaarden voldeed. Hij had een sonoor stemgeluid, passend bij een gezagsdrager; hij liep met hoge schouders voorovergebogen, alsof hij was geschapen voor een staf; zijn voorhoofd was met rimpels bewerkt en wat het belangrijkste was: hij paste in het Sinterklaaskostuum én de bijbehorende lakschoenen. Niemand zou hem ooit herkennen, niemand zou tegen hem zeggen: 'Ha die meneer de muziekmeneer, speel 'es een deuntje en geef 'es een a-tje.' Hij was De Grote Anonymus met het gezicht van de nieuwslezer.

En toch ging er iets mis. Want ondanks mijter, tabberd, kantjes, lintjes, baard en witte handschoenen, had hij één aanwijsbare plek waar hij als een binnenband uit het scheurtje van de buitenband bolde: zijn voeten. Op geraffineerde wijze had hij deze verborgen in de zwarte lakschoentjes, waar overheen melkwitte slobkousjes vielen. Dit staaltje middeleeuwse verfijning was de finishing touch van de Anonimiteit, maar werd uiteindelijk toch de kuil waar we allen ontnuchterd in zouden vallen.

Op waardige wijze schreed Sinterklaas op de lakschoentjes naar het gymlokaal. Lang van tevoren hadden de kinderen daar plaatsgenomen en bij het bericht van zijn aankomst golfde er een gemummel door de rijen. Daar was hij dan, De Grote Anonymus, stapje voor stapje kwam hij naderbij.

Het kinderkoor, onder leiding van een onderwijzer (omdat de muziekmeneer ziek was, werd er gezegd), zette het welkomstlied vals en rommelig in. Op het gezicht van Sinterklaas kwam even een vleugje irritatie, want per slot van rekening, hij had het lied zelf ingestudeerd en hij kon maar moeilijk verwerken dat die hansworst van een onderwijzer de boel zo uit de hand liet lopen. De onderwijzer maakte een gebaar naar de zaal, waarop alle kinderen begonnen te zingen. Zó door merg en been vals, zó onafhankelijk van elkaar, dat het rechter lakschoentje van Sinterklaas daar geen weerstand aan kon bieden. Op driftige wijze sloeg het voetje de maat er weer in, zoals het dat gewend was te doen vóór de klas: van je één-twee-drie, van je klep-klep-klep, van je één-twee-drie, van je klep-klep-klep...

De knoopjes van het slobkousje sprongen ervan open en de kinderen herkenden ogenblikkelijk het muzikale, ritmische voetje van hun eigen muziekmeneer. Er ging weer een gemompel door de rijen, zijn naam werd zachtjes doorgegeven en ten slotte vond de totale ontmaskering plaats in de vorm van een bulderend gelach. Nog vóór Sinterklaas Sinterklaas had kunnen zijn, was het al: Inpakken meneertje. Inpakken en wegwezen. We zoeken wel een ander. Even geduld a.u.b.

Moeilijk

Ik reis altijd erg moeilijk. Of ik nu met de trein ga of met de auto, het is altijd maar de vraag of – hoe – waar – en wanneer ik aankom. Ik veronderstel dat ik een defect heb aan mijn oriëntatievermogen, want ik krijg het voor elkaar de meest simpele afstandjes met bochten en kronkels af te leggen. In een verkeerde trein stappen, daar draai ik ook mijn hand niet meer voor om. Het station Utrecht is voor mij een waar lusthof. Wanneer ik daar moet overstappen op de trein naar Den Haag, zwier ik via roltrappen van het ene perron naar het andere om ten slotte op het enig juiste te belanden, waar de trein al klaar blijkt te staan. Reizigers Den Haag vóór instappen en Rotterdam achter, staat er – of omgekeerd – maar bij een stilstaande trein zie ik niet zo gauw wat vóór en wat achter is, dus zit ik binnen de kortste keren in Rotterdam.

In een restauratiewagen ga ik ook nooit meer. Een paar jaar geleden moest ik naar Zürich en even over de Nederlandse grens dacht ik: Kom, ik ga maar eens een kopje koffie drinken... Bij het eerstvolgende station stapte ik over in de restauratiewagen. Daar werd ik een paar keer flink heen en weer geschokt, maar ik dacht: Aha... ze zijn de koffie aan het malen... Dat was dus duidelijk niet zo, want na verloop van tijd vielen de lichten uit en werd ik afgekoppeld en weggerangeerd naar de trein richting Milaan. Nu heb ik niets tegen Milaan, maar het schijnt een omweg te zijn naar Zürich, vandaar... enfin... na een paar uur vertraging kwam ik toch waar ik wezen wilde.

Ooit – toen de Brieneroordbrug nog maar een halve brug was – moest ik een lezing houden in Bolnes en ik dacht: Ach... Den Haag – Bolnes... een kippeneindje, daar trek ik met mijn autootje een goed half uur voor uit. Op de kaart had ik alles nagekeken en bovendien had ik een briefje, waarop precies de straten stonden die ik moest rijden in Bolnes... dus, wat kon me gebeuren?

Nou... van álles is er gebeurd. Tot en met de Brieneroordbrug ging het uitstekend. De eerste afslag daarna was IJsselmonde en dat deed ik ook nog goed. Toen kwam ik via een enorme boog op een weg die zich al spoedig in tweeën splitste. Voor ik het begreep zat ik op de verkeerde rijbaan ergens naartoe, maar niet naar Bolnes. Er bleef mij niets anders over dan door te rijden en op een gegeven moment kwam ik weer terecht (voor de tweede maal) op de Brieneroordbrug. Nu echter richting Den Haag. Geen nood, dacht ik, ik sla gewoon af bij Capelle aan de IJssel en dan weer met een boog naar de Brieneroordbrug (derde maal), maar dan richting Dordrecht. Goed... ik nam weer de afslag IJsselmonde... en ha-ha... ik-laat-me-niet-beetnemen... bij de splitsing zat ik op de goede rijbaan, richting Bolnes. Dat was weer mooi gepiept. Maar toen... Op mijn briefje stond: doorrijden tot aan de dijk. Bij de eerste de beste verhoging dacht ik: dat zal de dijk wel zijn. Dat wás de dijk ook, maar ik had er niet óp, maar er naast moeten rijden en daarom kwam ik terecht in Ridderkerk.

Weet je wat, dacht ik, ik stop hier even en dan vraag ik in een café hoe ik beneden aan die dijk kan komen.

'Gewoon laten rollen...' zei de baas, maar na veel gelach om me heen werd me toch de kortste weg gewezen. Zo reed ik dus beneden aan de dijk en het enige dat ik nog doen moest was goed opletten, want ergens moest ik een zijstraat in aan de linkerkant. Maar het was donker en ik zag de naambordjes niet en voor ik het wist, zat ik aan het eind van de dijk op de weg naar de Brieneroordbrug (vierde maal) richting Den Haag. Dan maar weer de afslag Capelle aan de IJssel, weer met een boog naar de Brieneroordbrug (vijfde maal) richting Dordrecht... de afslag IJsselmonde... et cetera et cetera... en zo ben ik dan eindelijk op de plaats van bestemming gekomen.

Morgen moet ik weer op pad. Naar Lelystad deze keer. Op de kaart heb ik het weer allemaal nagekeken...

Eén troost heb ik... er is bijna geen dorpje in Nederland of ik ben er per vergissing geweest. Ik ben expert van het Nederlandse landschap geworden. Ik weet precies waar er nog knotwilgen staan, waar koolzaadvelden bloeien, waar je kan wegzakken in het riet, waar er nog zwanen op de golven deinen en waar de zon het mooist kan ondergaan...

Bij hem in de tuin

Dit is een heerlijke morgen. Zó stel ik mij voor dat een heerlijke morgen is. Een slapende hond aan mijn voeten, rust en vrede om mij heen én het besef dat dit nog zeker drie uur zal duren. Buiten regen. En dat duurt ook nog wel drie uur. Aan mijn bureau suf ik de tuin in. Dat gekke gras. Nog een paar dahlia's en petunia's die ook niets aan de herfst kunnen doen. Mijn trouwe kleine boom, die rood-geel voor zich uit staat te treuren en nog steeds niet-gestekte geraniums. Regen, regen, regen... een beetje suffen, een beetje wiegen met mijn hoofd. Er valt vanmorgen niets te schrijven, want ik hoor of zie niets en er staat niets te gebeuren.

De telefoon. 'Ik zie je zitten,' zegt de telefoon, 'en je bent zo lekker aan het schrijven, ik zal je echt niet storen, maar je paraplu staat nog buiten, weet je dat?'

Mijn paraplu?? Ik kijk een beetje zoekend in het rond. 'Je parasól...' zegt mijn achterbuur, 'je parasol voor de zon staat nog buiten... en het regent, ik denk: ik zég het haar...' O juist, nou snap ik het. Mijn parasol dus. Mijn parasol staat nog buiten. En het regent. Nou, laat maar lekker buiten staan.

'Ja, maar ik zou hem binnen halen als ik jou was, zó wordt hij helemaal nat.' Ja, nogal logisch, maar ik ben aan het schrijven, lieg ik.

'Dat zie ik,' zegt de telefoon, 'daarom juist, ik denk: ik zal haar waarschuwen want ze merkt het niet.'

Nou dank je. Ik haal hem wel eens binnen. Op een dag. Als ik zin heb. Als de zon schijnt en ik niet nat word als ik de tuin in ga. Maar als de zon schijnt, heb ik mijn parasol juist nodig... ach weet ik veel... te ingewikkeld... ik laat hem staan.

'Klik,' zegt de telefoon en weg is mijn achterbuur.

Ik tuur weer op mijn gemak. Er hangt een blaadje vlak boven mijn hoofd. Een blaadje van een woelig plantje. Er is in gepikt. Door mijn vogeltje. Nou gaat het blaadje dood. Eerst wordt het geel, dan wordt het bruin, dan wordt het dor en dan gaat het dood. Arm blaadje. Weet je wat? Ik haal het eraf. Zo... blaadje eraf.

De telefoon. 'Ik kwam net langs je huis, je zat zo lekker te schrijven, ik ben maar doorgelopen. Maar weet je dat je paraplu, ik bedoel je parasol...' Ja, mijn parasol. Staat in de regen, ja. Ja, weet ik ja. Nou wordt die nat. Inderdaad. En nog bedankt. Klik.

Hé, wat ligt daar? Een doosje lucifers. Wat een gek doosje lucifers. Nooit eerder gezien. Met een plaatje er op. Dat is een voetballer. Ken ik hem niet? Hoe kom ik aan dat doosje? Heeft iemand laten liggen natuurlijk. Wie? Wie heeft dat...? Het is van het grootste belang dat ik weet wie dat heeft laten liggen...

Er staat iemand voor het raam. Ik sta op en ga er naartoe. Ik open het raam. 'Dag,' zeg ik, 'kom je even binnen?'

'Nee, want ik zie dat je aan het schrijven bent...' Dan wijst ze achter mij de tuin in: 'Mag je wel eens binnenhalen...'

Die snertparasol weer. Ik kijk achterom en doe of ik hem voor het eerst bemerk. 'Ojé...' zeg ik, 'nou is die drijfnat...'

'Zet hem boven uit in je slaapkamer, dan is hij zo weer droog,' zegt mijn vriendin. 'Ja...' knik ik, 'dat kan ik het beste doen...' En ze gaat weg. Op mijn slaapkamer. Ik zie me al. Het hele huis door met dat natte ding. Nee hoor... laat maar staan.

Ik heb er ineens genoeg van. Ik ga met de tram naar de stad. Domweg door de regen lopen. Etalages kijken. Domweg.

Even later sta ik bij de halte. Er staat nóg iemand, een meneer. Wat doet hij daar eigenlijk, moet hij niet werken? Meneren moeten werken. Maar hij niet, hij haalt een handvol papiertjes uit zijn zak en selecteert. Dit kan weg en dat kan weg. De papiertjes fladderen voorbij en ik kijk ernaar. Dan komt er een strippenkaart langs, hij blijft drijven in een plasje. Een halve meter van mij af. Een ongestempelde strippenkaart. Een géldige!! Hé... denk ik. 'Meneer...' zeg ik, 'die kaart is nog geldig,' en ik wijs naar het plasje. Hij kijkt even spijtig en verzet zelfs zijn voet. Zal hij het oprapen? De kaart is drijfnat... Maar hij zet zijn voet weer terug en raapt hem niet op. Schamper kijkt hij me aan. 'NIET MEE BEMOEIEN, ZUS...' zegt hij en vlak langs mij vliegt de laatste voorraad kleine papiertjes.

Bij hém in de tuin staat vast ook een kletsnatte parasol. Groter dan de mijne. Met meer karakter dan de mijne. In de winter zal hij bevriezen. Tegen het voorjaar zal hij ontdooien. En als iemand er met één vinger naar wijst – zijn achterbuur; de koningin desnoods – dan zal hij spijtig zijn parasolletje bekijken. En tóch zal hij zeggen: 'NIET MEE BEMOEIEN, ZUS...'

Dat mag niet

Van Den Haag naar Breda op de fiets is een flink eind. Een man als de legendarische scheepsbouwer Verolme zal daar geringschattend zijn schouders voor ophalen; hij liep iedere dag twee uur van en naar school. Maar hij is dan ook de geschiedenis ingegaan als Verolme. Ik hoef dat niet, dus kan ik zonder gewetensbezwaren met mijn fiets op de trein stappen. Dat heb ik gedaan. En in Breda ben ik naar mijn aldaar wonende dochter gefietst en ik heb gezegd: 'Hier malle meid, een cadeautje van mij en dat je maar dikke kuiten mag krijgen.'

Maar vóór het zover was, is er een heleboel gebeurd en dat ga ik u vertellen.

Ik kwam met mijn karretje aan op het station Den Haag en voor het gemak liep ik ermee naar het loket. 'Eén retour Breda,' zei ik, 'en een enkel kaartje voor mijn fiets.'

De juffrouw keek me misprijzend aan. 'U mag niet met uw fiets voor het loket staan,' zei ze. 'Waarom niet?' vroeg ik, maar dat wist ze niet.

Ik kreeg de kaartjes met een kwak terug en kwam een beetje onhandig – via een lange trap – op het perron terecht. Daar werd ik meteen met verwonderde ogen bekeken. 'U mag niet met die fiets de trap op,' zei een meneer. 'Waarom niet?' vroeg ik, maar dat wist hij niet.

De trein stopte en alle deuren gingen open, behalve de deur van de goederenwagon. Ik begon eraan te prutsen om er beweging in te krijgen, maar dat lukte niet en ik dacht: 'Voordat die trein wegrijdt, schiet ik met mijn fietsje in een tweedeklascoupé.' En dat deed ik.

Meteen riep er een meneer: 'Hé-hé-hé... dat mág niet...'

'Waarom niet?' vroeg ik.

'Omdat daar de goederenwagon voor is.'

'Maar die is dicht,' zei ik.

'O...' zei hij, 'dat verandert de zaak,' maar na een poosje denken zei hij: 'Tóch mag het niet...' Maar toen reed de trein al en bovendien was hij toch niet van plan om er iets aan te doen.

Ik klapte een stoeltje omlaag, maar ik zat nog geen minuut of daar kwam de volgende meneer. 'Dat mág niet, hoor... een fiets...' zei hij half vriendelijk, half nors. 'Daar kan u een hoop narigheid mee krijgen.'

'O ja?' vroeg ik, 'wat dan?'

'Nou...' zei hij, maar hij wist zo gauw geen ramp te noemen, 'van alles... hoe heet 't... gewoon... het mag immers niet.'

'O...' zei ik, want wat moest ik anders zeggen.

Binnen vijf minuten kwamen er twee mensen langs die onafhankelijk van elkaar precies hetzelfde zeiden: 'U moet uw fiets in de goederenwagon zetten. Dat mag niet hier...'

'O...' zei ik, 'dank u wel, dat wist ik niet.'

De vlammen sloegen me uit en ik nam me voor verder star uit het raampje te turen. Maar nu kwam er een mevrouw en die was nog het vasthoudendste van allen. 'Mevrouw...' zei ze, maar ik deed net of ik gek was.

'Mevrouw...' Jaja... dacht ik – je kan 't me doen, het mág zeker weer niet, nou, ik blijf lekkertjes naar buiten kijken.

'Mevróuw... oehoe...' en waarachtig, ze liet de fietsbel rinkelen. Dus keek ik haar maar aan. 'Dat mag niet, hoor...' zei ze, 'die fiets moet in de goederenwagon, dat mag écht niet, dat mag niet, hoor...'

'Ja,' deed ik vermoeid, 'dat weet ik wel, maar ik kon de deur niet open krijgen.'

'Nou ja...' zei ze, 'als u het dan maar weet, dat het niet mag, voor de volgende keer, want het mag écht niet, hoor.'

Gelukkig ging ze weg, maar nog geen minuut daarna stond ze weer voor mijn neus. 'Ik heb het binnen nog even voor u nagevraagd, maar daar zeggen ze ook: Het mag niet hoor...'

Potverdrie. 'Ja mevrouw... goed hoor, dank u wel, ik zal wel even aan de noodrem trekken.'

'Ja, dát hoeft nou ook weer niet,' zei de mevrouw lichtelijk geschrokken. Maar toen ze zag dat ik bleef zitten, trok ze zich op hoge poten terug. Ik zuchtte diep. Wat heerlijk, dacht ik, als je met een bok aan een touw en een mand met kippen in de trein kan stappen zonder dat iemand zich met je zaken bemoeit. Zonder dat iemand zegt: Mevrouw, die bok stinkt tegen de klippen op en die kippen kakelen bij de konijnen af. Zonder dat iemand roept: dat mag niet, hoort niet, kan niet, deugt niet.

Ik sloot even mijn ogen en dacht terug aan het kleine treintje dat ons jaren geleden met een snelheid van 20 km per uur van Gerona naar Illagostera voerde. Af en toe blies het roet af en dat kwam dan door het open raam naar binnen waaien. De passagiers werden zwarter en zwarter, maar niemand riep: dat mag niet, dat hoort niet, dat kan niet, dat deugt niet... Want iedereen had eigen zaken aan z'n kop. Trouwens, iedereen had zoveel huisraad en manden pluimvee met zich meegenomen, dat het Waterlooplein er helemaal niets bij was. Niemand zou gek hebben gekeken als ik met mijn fietsje bij hen binnen was gestapt. Ze zouden gewoon een eindje hebben opgeschikt: 'Gaat het zo, mevrouw? Zal ik u helpen? Wacht even, ik zal mijn bok een eindje hierheen halen.'

En de bok zou mijn snelbinders opvreten en mijn fiets zou een keer vallen op de mand met kippen en de kippen zouden kakelend en fladderend gaan protesteren maar wij zouden elkaar allemaal lachend aankijken. Want het hoort erbij, het hoort bij het leven. Het hoort bij het leven, als je het liefhebt tenminste.

Fietsie-foetsie-weg

Bij ons thuis zijn er in vijf jaar zes fietsen gestolen.
 Eén fiets stond gewoon voor de deur, niet op slot, eigen schuld zeg je dan. Eén fiets stond met een bevriende fiets aan elkaar geketend voor een bioscoop. Na afloop van de film was het mooi lopen geblazen. Eén keer zagen we dat iemand het slot doorknipte van de fiets voor ons huis. Maar voor we moord en brand konden roepen was het diefje al de hoek om. Twee andere fietsen werden op school en in de stad gestolen, een routinekwestie, nadere bijzonderheden niet bekend.
 Na vijf keer ben ik toch gaan denken. Ik sloeg een haak in de muur, kocht een ijzeren ketting en een hangslot en dat allemaal omdat ik zo verschrikkelijk van mijn eigen fietsje houd. Maar ja... na een week sjouwen met die ketting had ik er al weer schoon genoeg van en dat betekende het onherroepelijke einde van ons zesde fietsie-foetsie-weg. Toch is dat alles niets vergeleken bij het fietsendrama waarvan ik onlangs getuige was. Bij ons in de straat woont een meneer die een nieuw leven was begonnen. Hij rookte niet meer en het autorijden beperkte hij tot het minimum. Op een dag had hij zijn oude fiets te voorschijn gehaald en die van top tot teen nagekeken. Nieuwe bandjes erom, belletje erop, snelbindertjes, achterlichtje...
 Iedere morgen om halfnegen kon je zien hoe hij zijn tas onder de snelbinders bond om zich vervolgens naar zijn werk te begeven. Om kwart voor zes keerde hij weerom. Hij rinkelde tweemaal met zijn fietsbel en dan ging de deur vanzelf open. Maandenlang heeft hij dit

volgehouden. Regen, storm, het kon hem niet deren. Maandenlang heeft hij op de terugweg van Sterreclamerookworst gedroomd en wat hij ervan overhield was het tastbare bewijs: een rode blos op de getaande wangen.

Maar op een morgen – ach jee, ach jee – toen hij ter hoogte van een lantaarnpaal op zijn fiets wilde stappen, viel zijn zoontje door de glazen tochtdeur van de gang. Dit laatste ging gepaard met een oorverdovend gekrijs en gerinkel van glas, zodat de meneer in paniek zijn fiets tegen de lantaarnpaal smeet en vervolgens naar binnen ijlde. In één blik overzag hij de situatie: dit was een akkevietje voor de EHBO-post van het ziekenhuis. Dus pakte hij zijn zoontje, zette hem in zijn auto en ging er als een Razende Roland met hem vandoor. Zijn fiets stond moederziel alleen tegen de lantaarnpaal. Of eigenlijk... niet alleen, want er stonden nog zes vuilniszakken. En twee stapels oude kranten. En een ouwe stoel. En een doos met lege flessen. En wat mensen nog meer allemaal bewaren en ten slotte toch weggooien. Want het was die dag vuilniszakkendag... en dat wist ook een meneer vérder in de straat en die dacht: 'Hé, dat is best nog een goeie fiets die daar bij die rommel staat... 'es-effe-kijken wat voor wielen eraan zitten...'

Hij ging kijken en vond die wielen veel beter dan zijn eigen wielen. Dus ging hij weer naar huis, schroevendraaiertje halen, tangetje halen... enfin... tien minuten later had hij de wieltjes mooi er af. Het kale frame liet hij troosteloos bij de vuilniszakken achter.

Het zoontje van meneer één bleek meer bloed en tranen dan ernstig letsel te hebben en daarom kwamen beiden sneller dan ze dachten uit het ziekenhuis weerom. Zó snel, dat de vuilnisman nog niet geweest was.

En wat zág meneer één? Het kale frame tegen de lantaarnpaal.

Eerst gaf hij zijn zoontje de schuld – maar die was zo slim om direct pijn te krijgen en te huilen – en daarna ging hij informeren bij de mensen in de buurt. En ja hoor, een chique dame had het allemaal gezien en meneer één vertrok op hoge poten naar meneer verderop.

'O...' zei Verderop, 'ik dacht dat die fiets bij het vuilnis stond, ik dacht dan kan ik die wielen gebruiken, ik dacht dat...' en hij vertelde wat hij allemaal dacht om vervolgens de wielen terug te geven. Meneer één als een kind zo blij met de wielen naar huis. Maar bij de lantaarnpaal gekomen bleken de zes vuilniszakken verdwenen te zijn. En de twee stapels ouwe kranten. En de ouwe stoel. En de doos met lege flessen én wat mensen nog meer bewaren en ten slotte toch weggooien én het kale frame. Want het was vuilniszakkendag. En de vuilnisman was net geweest. En daar stond die met zijn wielen. En toen ging hij maar terug naar meneer Verderop en hij zei: 'Als u ze nog wil hebben, dan kan u ze krijgen...' En meneer Verderop zei: 'O, ik dacht dat ze van uw fiets waren, ik dacht dat u ze zelf nodig had, ik dacht dat...' En hij vertelde wat hij allemaal dacht om vervolgens de wielen aan te nemen.

Duim in 't puin

'Valt u niks aan mij op?' vraagt de taxichauffeur die me naar het station brengt. 'Ik bedoel, ziet u niks aan m'n hand bedoel ik...'

Ik kijk en waarachtig... ik zie een gezwachtelde hand met een duim die er bijna loodrecht op staat. Hoe is het mogelijk...

De taxichauffeur is direct bereid om me dat haarfijn en in zuiver Haags uit te leggen.

'Kijk hè...' zegt hij, 'vanochtend moet ik een vrachie ophalen, een oud wijf met een stok van het Hobbemaplein, ik denk, ik zal d'r effe een douwtje geven... hou de deur nog wijd open, want anders ken ze d'r niet in met dat lijf... zeg nog tegen d'r dat ze vooraan moet gaan zitten, begrijp ze 't verkeerd, duik ze naar achter en trek ze met d'r stok de deur achter d'r dicht gelijk dat ik me klauw nog om het ijzer heb. Toen heb ik effe een alleenspraak met Onze Lieve Heer gehouden en daarna nog effe een riedel tegen dat ouwe wijf en ik zeg: Vooruit, d'r uit, naar huis, met spoed uitstappen want het bloed spuit uit me duim... Enfin, zij d'r uit en aan de kant met de stuipen op d'r lijf en ik d'r in en lijnrecht met me sjees naar de EHBO-post van het Rooie Kruis. Kom ik daar aan, moet ik daar nog een hallef uur wachten, allemaal lui voor me met verbrande snuiten en pijnlijke knieschijven, kom ik eindelijk aan de beurt, zegt die dokter tegen mij dat het maar een kneusinkie is. Ik zeg: Wát maar een kneusinkie... kan jij rijen met je duim in het puin...? Enfin, ik word effe opzij gedauwd, zo'n meid d'r bij en in plaats dat ze wat doet aan me duim, begint ze om me fondskaart te zeiken... Ik zeg: wát fondskaart, éérst me duim en dan zullen we het later nog wel eens over me fondskaart hebben...

Enfin, die meid begint me duim in te zalleve en daarna komt ze aanschijte met een bakkie met water, waar volgens mij me voorganger met z'n verstuikte poot in heb liggen weken, leidingwater, zo uit de geiser en ik zeg tegen die meid: Nou heb je zo'n mooi wit jassie aan, maar volgens mij doe je nou toch effe iets rong dame, volgens mij staat er in jouw boekie dat je zuiver gekookt water moet nemen en niet die vertroebelde eieropklop uit die rottige geiser van jullie... Enfin, ze grijnst maar wat, stopt d'r eige klauw d'r in om te kijken of het warm genoeg is en dan moet ik met me klauw d'r in. Verbrand zowat tweede graads, wil d'r weer uit met me klauw, maar zij me venijnig d'r in dauwen... nou jongen... ik sprong zowat tegen het plafond met me harses...

Enfin me duim wordt blauwer en blauwer, zij eerst een soort wat op me nagel gelegd, ze zegt: Goed in de gaten houwe, als die gaat kloppen naar je huisdokter toe. O ja, zeg ik en wat als die vannacht begint te kloppen, moet ik dan ook naar me huisdokter toe? En zij: Als die vannacht begint te kloppen, dan moet je 't maar effe uithouwe... Effe uithouwe ja... ik zeg: Heb je wel in de peiling dat sommige nachten twalef ure dure en dat sommige huisdokters vanwege hun waanzinnige drukte, of vanwege hun geheime nummer, of vanwege hun telefoonbeantwoorder onbereikbaar zijn of regelrecht pleite zijn. En zij weer grijnzen en "komkom" en weet-ikveel, ik denk ik stap maar op, toch niks mee te beginnen. Ik zwaar de pest in, want u moet weten, ik kan een heleboel hebben maar geen pijn, daar word ik toch zo sjagerijnig van... Normaal kan ik de hele dag met gein versieren, laat Bette Midler zich asjeblieft niks in d'r hoofd halen, want bij mijn vergeleken is ze niks. Dat ik het niet zover gebracht heb als zij, komt allenig omdat ik niet de bossums heb. Enfin... ik weg uit dat ziekenhuis en met mijn blauwe opgezette klauw die sjees besturen, het ene vrachie na het andere, van het Gevert Deynootsplein naar het Rijswijkseplein en op een gegeven ogenblik sta ik ergens voor het rooie stoplicht te wachten en krijg ik een schok door me heen. M'n bollen, denk ik ineens... m'n narcissen- en m'n tulpenbollen... Want wat wil nou, ik heb bij een tuinder voor m'n tuintje een partij vrolijk geschakeerde bollen gekocht met de bedoeling dat ik die in m'n tuin ga verstoppen. Ik heb zo'n stadstuintje, weet u wel, zo'n lange pijpenla tussen mijn uitbouw en de uitbouw van mijn buren... enfin, een tuintje om zwaar depressief in te worden. En een vriend van mij zegt dat ik daar best nog wel wat van kan maken en op zijn aanraje heb ik toen zeshonderd bollen gekocht en die moeten de grond in. Maar ja, daar moet ik dan heel vlot mee zijn, want anders komt de vorst er aan en de grond wordt keihard en dan zit ik met mijn bollen. Dus denk ik ineens, daar voor dat rooie stoplicht, ik denk ineens: Daar gaat me tuin... zeshonderd bollen heb ik én een duim in het puin... zeg maar dag met je duimpje tegen je bollentuin...'

Echtpaar in goeie doen

Van onze hele oude Tante Floortje, die vorig jaar op eenennegentig jarige leeftijd overleed, erfden wij een kist met boeken en erg oude familieportretten. De betovergrootouders van mijn kinderen hangen nu levensgroot aan de muur – om een oogje in het zeil te houden. Ze zitten ongemakkelijk op stoelen met hoge rugleuningen, ze kijken streng de wereld in, alsof ze met ons alleen willen praten over plichten en discipline. Maar ze horen erbij vanaf het moment dat we ze hebben opgehangen.

Soms komt het voor dat we de 'betjes' om raad vragen, zo in de trant van: 'Hoe deden jullie dat vroeger zonder inspraak?' of. 'Hebben jullie geen huis-, tuin of keukenmiddel tegen verkoudheid?' Maar de betjes blijven streng voor zich kijken; geen lachje dat er af kan.

Het verhaal gaat dat betovergrootpa in Frankrijk wijnen kocht die hij met paard en wagen naar zijn bloeiende wijnzaak in Leiden vervoerde. De laatste maal dat hij dat deed, was hij zeer onfortuinlijk. Zijn paard sloeg op hol en toen hij uit de wagen wilde springen om het dier tot stilstand te brengen, bleef hij met één voet aan de treeplank hangen zodat hij viel en over de straat werd meegesleurd, een wisse dood tegemoet. Maar op het portret weet hij daar nog niets van en kijkt hij trots voor zich uit, één hand op de armleuning, in de andere hand – duidelijk zichtbaar voor minder gefortuneerden – een gouden vestzakhorloge. Betovergrootma wist op het portret ook niet dat ze met negen bloedjes zou achterblijven en alle juwelen, waarmee ze glorieus vereeuwigd werd, stuk voor stuk zou moeten verkopen.

Zoals ze daar hangen zijn ze een echtpaar in goeie doen.

Ze geven mij altijd het gevoel dat er op mij gelet wordt. Als ik op mijn gemak aan mijn neus wriemel – wat toch mogelijk moet zijn als je alleen in een kamer bent – kijk ik plotseling omhoog en lach ik verontschuldigend. 'Sorry...' zeg ik dan. Ook als ik dingen nalaat die ik per se had moeten doen, voel ik hun berispende blikken in mijn rug. Ten slotte draai ik mij om, kijk weer omhoog en zeg familiair geïrriteerd: 'Ja, mens... ik dóé het al...'

Het echtpaar in goeie doen is mijn tweede geweten geworden.

Op een dag hebben ze mij gedwongen om nu eindelijk eens die geërfde boeken door te lezen. Ik had ze alleen nog maar uit de kist gehaald en een plaatsje in mijn boekenkast gegeven. Maar die toestand werd onhoudbaar. Als ik de kamer binnenkwam begon het echtpaar humeurig naar me te sissen: 'Heb je nou nóg niet...'

'Nee, nee...' riep ik haastig, 'ik heb nog geen tijd gehad, maar vanavond...'

En dat ging zo door tot ik gistermorgen weer opkeek en vol schrik constateerde dat het gezicht van betovergrootpa grimmig was geworden. Hij pikte het niet langer meer.

Veiligheidshalve liep ik meteen door naar de boekenkast om er een willekeurig erfstuk uit te lichten. Demonstratief hield ik het naar de betjes omhoog. Op het schutblad stond: 'Voor Floortje Keuls, op haar tiende verjaardag van grootma Keuls.' Van betovergrootma Keuls aan de muur dus. En ik begon te lezen. Een klein verhaaltje met de intrigerende titel 'Een zak', geschreven door Agatha. Agatha zonder achternaam.

'Karel had niet eens...' zo vertelde Agatha, 'maar misschien wel twintigmaal aan zijn moeder gevraagd om een zak in zijn broek.' Mama had dan altijd gelachen, ze vond er haar zoon nog wat jong voor. Maar ziet: eens op een dag kreeg Karel enige vriendjes bij zich op visite. Het was knikkertijd en allen haalden knikkers uit de broekzakken te voorschijn en deden de gewonnene er weer in. Alleen Karel moest de zijne op tafel bewaren. 'Van wie zijn deze?' vroeg een jongen. 'Van mij,' antwoordde Karel en voegde er zo treurig bij: 'ik heb geen zak' dat zijn moeder medelijden met hem kreeg. De jongens konden hunne ooren bijna niet geloven, 'Jij nog geen zak?' riepen er een paar tegelijk uit. 'Hoe oud ben je dan eigenlijk?' De verschillende leeftijden werden opgenoemd en nu bleek het – begrijp eens – dat twee van de jongens nog drie maanden jonger waren dan Karel. Karel keek zijn moeder aan en deze knikte hem zó vertroostend toe, dat hij de zakken al in het vooruitzicht zag. En toen hij de volgende morgen wakker werd, vond hij dat Mama hem al verrast had met twee heerlijke diepe zakken in zijn broek. Dat was blijdschap! Voortaan zou hij nooit meer zonder zak zijn.'

'Alsjeblieft...' zei ik verwijtend tegen het echtpaar, 'daarmee is de ellende begonnen. Als die moeder voet bij stuk had gehouden en had gezegd: "Nee Karel, jij krijgt geen zak, want daar ben je nog veel te jong voor," dan hadden wij nu niet met de brokken gezeten, dan hadden onze kinderen ook niet gezeurd om een bromfiets, een auto en noem maar op. Een ietsje minder kritiek op mij zal jullie dus beter passen.'

Ik durf het niet te zweren, maar ik dacht toch dat betovergrootma even beschaamd de ogen neersloeg en dat de oortjes van betovergrootpa even een tikje roder werden. In ieder geval kijkt hij niet grimmig meer.

Brief

Met een telefoon in huis kom je niet meer zo gauw tot het schrijven van een brief. Je vraagt iemand of hij bij je komt eten, zegt dat vervolgens weer af, je informeert wat hij wil hebben voor zijn huwelijk, je feliciteert tante Toos met haar verjaardag, en dat alles per rinkelende telefoon. Onbescheidener kan het al niet, want het is net of je met een zwaailicht en een bergclaxon bij een ander binnenvalt.

Jaren geleden voerde ik een trouwe correspondentie met een oude heer die in het buitenland vertoefde. Hij was zeer belezen en telkens als hij een boek uit had klom hij in zijn pen om mij met zwierige letters mede te delen hoezeer het boek hem getroffen had. Elke brief ving hij aan met de volgende zinnen: 'Staat u mij toe mevrouw om naar uw gezondheid te mogen informeren. Ik hoop van ganser harte, dat u zich in goede welstand bevindt.'

Het duurde niet lang of deze twee zinnen werden mij te pas en te onpas naar het hoofd geslingerd. Door mijn dochters uiteraard, die ik op de hoogte had gebracht van de wellevendheid van de oude heer. Wanneer zij geld bij mij los wilden peuteren of briefjes voor hun school, begonnen ze plechtig met 'Staat u mij toe mevrouw om naar uw gezondheid te mogen informeren...' om vervolgens in wat lossere woorden met hun wensen op de proppen te komen. Groter tegenstelling in taal was nauwelijks denkbaar.

Op een dag kreeg ik het bericht dat de oude heer was overleden. Ik besefte met een schok dat ik niet alleen een goede vriend kwijt was, maar dat er voortaan niemand meer in zwierige letters en op champagnekleurig papier naar mijn gezondheid zou informeren. Voorbij... Voorbij wellevendheid... Voortaan zou ik alleen nog maar brieven krijgen met: 'Hierbij deel ik u mede...' en 'Ingesloten treft u aan...' Maar vanmorgen... vanmorgen kreeg ik wederom een brief met zwierige krullen. Van een oude – mij onbekende – heer. 'Staat u mij toe mevrouw...' zo begon de brief en met kloppend hart heb ik hem verder gelezen. Nadat de oude heer hoopte dat ik in goede gezondheid mocht verkeren en nog steeds dezelfde vreugde mocht beleven aan mijn werk, schreef hij mij spontaan dat hij zich zeer gelukkig voelde omdat hij zijn gezondheid 'wederom herwonnen' had.

'Na een secuur dieet van vele maanden,' zo vertrouwde hij mij toe, 'heb ik hedenmorgen mijn streefgewicht van 140 pond mogen bereiken. Van 40 overtollige ponden heb ik mij in de afgelopen periode kunnen ontdoen. Als trouwe lezer van uw boeken voelde ik de behoefte in mij opkomen om u mijn blijdschap deelachtig te maken.'

In de linkerbovenhoek van de brief had de oude heer zijn naam en adres geschreven en ik had hem zeker meteen geantwoord, wanneer ik niet ergens op tijd had moeten zijn. In mijn haast beging ik de fout de brief op het aanrecht te laten liggen en bij mijn thuiskomst was hij verdwenen. De hele familie voelde ik aan de tand, maar niemand bleek er van te weten.

En dat is dus de reden, lieve meneer, dat ik u niet meer terug kan schrijven. Nu er eindelijk weer iemand is die in zwierige krullen naar mijn gezondheid informeert, kan ik hem niet meer terugschrijven.

De brief is er niet meer. Misschien is hij er ook nooit geweest... wie zal het zeggen? Er valt niets te bewijzen.

En misschien is dat maar goed ook, want als ik u meteen had teruggeschreven meneer, dan was alles ineens zo tastbaar geworden. En bovendien een afgedane zaak. En dat is gewoon niet fijn. Het is veel leuker wanneer u een mysterie kan blijven. Dan kan ik tenminste later tegen mijn kleinkinderen zeggen: 'Heel lang geleden, toen de mensen nog wellevend waren, was er eens een oude meneer en die heeft Oma een brief geschreven...'

'Maar wáárom Oma, waaróm...?'

'Om naar Oma's gezondheid te informeren én om te vertellen dat hij 40 pond was afgevallen...'

'Maar dan schrijf je toch geen brief, Oma, dan bel je toch gewoon op...'

'Nee, heel lang geleden schreven de mensen een brief.'

'Maar wat was het dan voor een oude meneer, hoe zag hij er uit, wie wás dat dan?'

'Ja, dát weet Oma niet. Misschien heeft hij zelfs nooit bestaan die oude meneer. Oma weet het niet... nee... Oma weet het niet...'

Lekker ijl, hè meneer?

Zo zullen we het houden.

Ik zal u nooit vergeten.

Driemaster

Het is zaterdagmiddag en druk in de stad. Met een volle tas wacht ik tussen de mensen op het groen van oversteken. Er staat een meneer naast me, die wat voor zich uit mummelt.

Ineens, als het licht op groen springt, zegt hij hardop: lópen. En daar gaat hij, over de zebra en zoetjes sjok ik achter hem aan. Aan de overkant blijft hij staan voor een etalage met lampen. Honderden lampen en allemaal zijn ze aan.

'Oók wat,' zegt de meneer, 'tjonge, tjonge, óók wat...'

Een beetje verbaasd zoek ik naar iemand tegen wie hij praat, maar er is niemand. 'Nou ja... dan ga ik het maar eens binnen vragen...' zegt hij en kordaat stapt hij de winkel in. Een moment sta ik besluiteloos, maar dan schiet ik achter hem aan, want ik voel dat er iets staat te gebeuren. Een verkoper komt op hem af. 'Kan ik u helpen, meneer?'

'Ja-ha,' zegt de meneer, 'in de etalage heb ik een lamp zien staan, een klomp met zo'n zeil erop, een bootje, een driemaster als ik het wel heb... en achter het zeil zit een peer en uit de klomp komt een draad met een stekker... een driemaster... u weet wel meneer...'

De verkoper knippert nadenkend met zijn ogen. 'Een driemaster? Wat is dat?...' zegt hij. 'Wij verkopen hier lámpen meneer... wij verkopen schemerlampen, bureaulampen, hanglampen, buitenlampen, spots en pendellampen... en géén driemasters, meneer...'

De meneer wijst naar de etalage. 'Jawel,' zegt hij, 'daar vooraan staat een houten klomp met een zeil en een peer en een stekker en een draad... kijkt u maar, een hóuten klomp meneer.'

De verkoper kijkt in de etalage en ziet niets.

'Hout is helemaal uit,' zegt hij, 'wij verkopen schemerlampen, bureaulampen, hanglampen, buitenlampen, spots en pendellampen van metaal, kunststof en riet, maar géén driemasters van hout, meneer...'

Nu knippert de meneer met zijn ogen. 'Dit is toch die lampenwinkel naast dat Chinese restaurant, nietwaar?' zegt hij en voor het eerst komt er een beetje twijfel in zijn stem.

'Naast ónze zaak bevindt zich inderdaad een Chinees restaurant...' zegt de verkoper en hij weet met een koele klemtoon de juiste verhouding aan te geven.

'Nou...' zegt de meneer, 'dan heb ik hier verleden week een driemasterlamp gezien... U kan het misschien aan een ander vragen...' De verkoper draait zich langzaam om en schrijdt geluidloos over de wollen vloerbedekking naar iemand met het naamkaartje PRONK op zijn jasje. Meneer Pronk luistert geduldig en komt dan naar meneer Driemaster toe. 'Het spijt me heel erg,' zegt hij, 'wij hebben hier nooit souvenirlampen verkocht. Wij verkopen hier schemerlampenbureaulampenhanglampenbuitenlampenspotsenpendellampen. Zeeuwse poppen met lampjes onder de rok of poppen uit Marken en Volendam, evenals driemasters, vissersschuiten, spookaapjes enzovoorts worden in de regel verkocht in souvenirwinkels in Amsterdam, die speciaal zijn ingesteld op Amerikaanse toeristen. Het spijt me, maar ik kan u niet helpen, meneer...'

Meneer Driemaster staat perplex en ik ook, mag ik wel zeggen, ik heb de grootste moeite om me er niet mee te bemoeien.

'Maar dit is toch die lampenwinkel naast dat Chinese restaurant??' probeert meneer Driemaster voor de laatste maal.

Meneer Pronk verschuift neus en mond een tikkeltje naar links. 'Naast ónze zaak bevindt zich inderdaad een Chinees restaurant.' Neus en mond vallen weer terug op de oude plaats – nog net voor de klok slaat – boft meneer Pronk even.

'Nou...' zegt Driemaster, 'dan heb ik hier toch écht in de etalage... want ik weet nog goed dat ik verleden week met mijn vrouw een loempia zat te eten bij de Chinees en dat ik toen zei: Zo'n lampje moeten wij nou aan Mimi op d'r verjaardag geven... ik weet nog goed, we zaten aan een tafeltje bij het raam en...' Ineens houdt meneer Driemaster op. Een beetje wit om de neus kijkt hij hulpeloos om zich heen. 'Ik weet het weer...' zegt hij zacht, 'het stond bij de Chinees voor het raam... bij de Chinees... ik weet het weer...' Hij schuifelt langzaam achteruit in de richting van de deur. 'Nou ja... dan ga ik maar hè... als u het dan niet heeft... en nog bedankt... heren...'

Driemaster klieft door de deur en ik weet niets beters te bedenken dan in zijn kielzog mee te varen. Voor het raam van de Chinees staat de opgetuigde klomp. Driemaster kijkt er lang naar. 'Dat is óók wat...' zegt hij. Dan loopt hij door. Mij laat hij achter in een wolk van lekkere Chinese luchtjes.

Die van die vent die...

Ik kan geen mop onthouden. En dus ook niet navertellen. Er zijn van die mensen, die dóén niet anders. Die komen gierend van de lach je huis binnenstormen en snikken er dan uit: 'Zeg, ken je die-van-die-vent-die...' Ze rijgen drie-vier moppen aan elkaar en als je bij de vijfde niet heel bars schreeuwt: 'die kén ik al...' (en dat blijft herhalen bij zes, zeven en acht), dan heb je grote kans dat ze ook nog met de Belgen aan komen zetten.

Nee, ik hou niet van moppen, mij zult u er nooit om zien lachen. Ook al liggen ze om mij heen in een appelflauwte, de pointe gaat aan mij voorbij. En als iemand zich de moeite neemt om hem alsnog aan mij uit te leggen, is de pret er natuurlijk helemaal vanaf. Geen moppen dus, maar weet u wanneer ik wél lach? Als iemand op de kam van een hark trapt bijvoorbeeld en hij krijgt pardoes de steel tegen zijn hoofd. Dan brul ik het uit. Zo'n levenloze hark die zo'n plotselinge, brutale aanval doet. Om te gillen vind ik dat. Of iemand die staat te vertellen dat zijn papegaai niet vals is en dat gaat demonstreren. Zelfbewust stopt hij zijn vinger in de kooi. 'Hap...' zegt de papegaai. Kootje eraf. Hé... tóch vals... Meesterlijk vind ik dat. Dat komisch pijnlijke. Dat pijnlijk onverwachte. Meesterlijk, als om welke onverklaarbare reden dan ook, het tóch gebeurt.

Ergens in mijn achterhoofd weet ik dat ik eens in mijn leven onbedaarlijk heb gelachen om zo'n pijnlijk onverwachte. Ik moet toegeven, het wás een mop, maar wel zo levensecht, dat je dat nauwelijks kan geloven. Ik pieker me suf, maar ik kom slechts tot flarden en ten slotte roep ik de hulp in van mijn bloedeigen echtgenoot. 'Ken jij nog die-van-die-vent-die...' zeg ik en ik laat de flarden op hem los. 'O...' zegt mijn echtvriend, die wel logischer maar beslist langzamer denkt dan ik. 'O, die-van-die-vent-die...' en ik begin alvast te grinniken, want ik weet dat me nu toch iets voorgeschoteld wordt..

'Ja, ja,' zegt hij, 'die-van-die-vent-die... dat was toch die Engelse mop hè... je bedoelt toch die Engelse mop?'

Ik gniffel slechts en wacht af, want wat ik nóu te horen zal krijgen...

'Nou,' zegt mijn echtgenoot, 'er moet ergens een huis verbouwd worden en ze beginnen boven, op de zolder, daar breken ze een paar muren weg en dan zitten ze in hun maag met het puin.'

Ik sla me op mijn knieën van plezier, want ik zie het weer helemaal voor me.

Zo'n Engels huis, weet u wel, met van die hele kleine, kouwe kamertjes met bloemetjesbehang en daar komt dan een jong modern gezin in te wonen dat de heleboel gaat verbouwen. Alle vrienden komen helpen, want het zijn allemaal doe-het-zelvers, maar dan onhandige doe-het-zelvers natuurlijk – ha, ha, ha, is me dat lachen mensen.

Echtvriend kijkt me even verstoord aan, maar dan gaat hij toch verder. 'Ze maken een katrol vast aan het dak en daar loopt dan een touw over, precies langs het raam van de zolder. Het ene eind van dat touw knopen ze boven aan een houten ton en het andere eind wordt benéden door iemand vastgehouden.'

'Já,' roep ik, 'en die ton, daar gooien ze puin in, dat doet zo'n doe-het-zelver die boven staat...'

'Ja, stil nou,' zegt mijn echtgenoot, 'die vent boven doet er te véél puin in, dus wordt die ton te zwaar, zodat die vent die beneden dat touw vasthoudt langzaam naar boven gaat.'

Ik zie het voor mijn ogen en ik heb bijna geen adem meer van het lachen. 'Die ton gaat dus naar beneden,' hijg ik, 'en die man aan dat touw naar boven...'

'Já, en halverwege krijgt die man aan dat touw die ton tegen zijn hoofd...'

'Bám...' roep ik enthousiast en ik spring een halve meter de lucht in, want ik zie het weer helemaal gebeuren.

Echtvriend gaat door. 'De ton gaat steeds sneller naar beneden, de vent steeds sneller naar boven, totdat hij met een klap tegen het katrol slaat met zijn hoofd...'

'Bám!' roep ik weer, want jonge-jonge-jonge, wat een meesterlijke narigheid, die Engelsen kunnen toch methoden bedenken om de boel goed in de soep te draaien.

'De ton komt natuurlijk ook met een klap op de grond terecht,' zegt mijn echtgenoot, 'de bodem slaat eruit en al het puin rolt over de grond...'

'Já,' roep ik en nu neem ik het verhaal maar even van hem over, 'en een lege ton die weegt niet veel, dus is die man weer zwaarder dan die ton en dus komt hij met een noodgang weer naar beneden zetten!'

Echtvriend gaat verder: 'Halverwege krijgt hij nog even een tikje van de ton... ('Bám!' roep ik) en daarna komt hij met een reuzenklap op de grond terecht... ('Bámmm!') Hij is een beetje versuft, laat dat touw los en dus komt die ton zonder bodem weer omlaag...'

'Op die vent...!' juich ik. 'Bám!' en ik veeg de tranen van mijn wangen. Mensen-nog-an-toe, dát is nog eens een mop naar mijn hart en over het 'waarom' moet mijn psychiater zijn hoofd maar eens gaan breken.

Dat beetje fiets van mij

Mijn fietsje is weg. Dat wil zeggen: de fiets van mijn jongste dochter is gestolen, dus rijdt ze rond op de mijne en ik heb 't nakijken. Zo gaat dat, nietwaar? Tot een uur of tien 's morgens mis ik mijn voertuig niet zo erg, maar daarna krijg ik de kriebels in de kuiten. Want ik wil weg. Kan me niet schelen waarheen. Wég, op mijn fietsje, dat nog steeds niet in elkaar is gezakt. Maar mijn fietsje heeft nu een andere baas en ik moet toegeven dat die beter bij hem past dan ik. Want met haar twee meter das slingerend om haar nek en de vele accessoires bungelend aan haar lijf, vormt dochterlief één komisch mobiel met het swieberende wielenstel. Bovendien wordt het tijd dat ik mijzelve iets ordentelijker aan den volke vertoon, een 'nette' fiets zou geen kwaad begin zijn.?

Ik besluit een zaakje binnen te stappen bij mij in de buurt. In de etalage tref ik de eerste valstrik aan: een glinsterend rijwiel met op het zadel een toffe prent geprikt van een gezond fietsend gezin. Pa, Moe en twee kinders zwaaien mij zingend toe, 'De paden op, de lanen in', met picknickmand achterop en dan weer daarin een portable-radio en een kuipje verwennerij voor hart en bloedvaten. 'Dag lief gezinnetje,' zeg ik ontroerd, 'ga maar lekker fietsen, want een man is zo oud als hij zich voelt, ga maar lekker fietsen, maar bescherm de huid met het weldadig sap van de tropische avocado, da-hag, dag lief gezinnetje, ga maar lekker fietsen hoor.'

'Wat wenst u, mevrouw?' zegt een man, die als een blok beton breeduit te voorschijn komt en met een schok ben ik weer terug in de werkelijkheid.

'Een fiets,' zeg ik, 'ik wens gewoon een fiets.'
'Dat kan,' zegt hij en hij taxeert mijn corpus op kracht en sportiviteit.

'Zoals u daar staat,' zegt hij, 'én naar mijn persoonlijke mening, maar ik zeg u, dat is natuurlijk persoonlijk, vind ik een vouwfiets voor u het beste vervoermiddel.' Hij grist ergens vandaan een knalrode vouwfiets en demonstreert mij wat ik er alzo mee kan doen behalve fietsen. Hutsjikidé, zó in elkaar en in de auto en hatsjikidé, zó in de gangkast of onder het bed. Met een klap het stuur hoger en met een trap het zadel lager. Als ik dat zo bekijk, heb ik daar best aardig speelgoed aan.

'Probeert u maar eens,' zegt hij en voor ik het goed besef rijd ik een rondje, nagestaard door het blok beton.

Ik voel mij doodongelukkig op die fiets, ik heb het gevoel dat iedereen mij nawijst. Nee hoor, meneer, toch maar niet, want die kleur ziet u, die kléúr meneer... Meneer zet meteen een bruine vouwfiets voor mijn neus, maar aan mijn gezicht ziet hij dat de oorzaak dieper moet liggen. 'Het is niet de kleur,' zegt hij, 'u hebt avérsie, dát is het... aversie... en daar moet u zich toch overheen zetten, als modern mens zijnde... Nou ja, góéd... probeert u die dan 'es, dat is meer het geijkte model...'

Het geijkte model wordt de winkel uitgereden, ik krijg een zetje en daar ga ik weer. Maar het geijkte model glinstert zo en op de hoek van de straat staat een jongetje dat wil oversteken. Hij moet wachten tot ik voorbij ben en hij kijkt me na. Kapitalist... denkt hij.

Nee, ook niet dat geijkte model, meneer, ik zoek iets anders, iets gewoons... Hij kijkt me aan en het beton begint te ontdooien. 'U bedoelt... een lékker fietsje...' 'Ja,' zeg ik, 'gewoon lekker, met niks d'r op of d'r aan.' 'U bedoelt... een óud fietsje ...?'

'Ja...' zeg ik en ik kom weer helemaal tot leven, 'zo'n rammelding, ik móet geen nieuwe.'

'O...' zegt die, 'zo'n rámmelding... meid zeg dat dan, die heb ik ook natuurlijk... kom mee naar m'n werkplaats, maar kijk uit voor je kleren.' Hij trekt een zeil weg en ik zie ineens drie zalige ouwe fietsen. 'Iets bij van je gading?' zegt hij. Ik wijs er onmiddellijk een aan.

'Kan gebeuren... 'k zal er gelijk effe een paar nieuwe bandjes omgooien, krijgt je tenminste een béétje fiets...'

'Tja...' zegt hij, als hij klaar is, 'al dat chroom en vouw-maar-op-spul in je winkel... wij waren vroeger al blij als we achterop mochten zitten bij onze grote broer... nee... geef mij maar gewoon zo'n bloedeerlijke fiets zoals dit... best karretje hoor... als je d'r voorzichtig mee bent, kan je d'r nog jaren mee voort... Zo, alsjeblieft... én geluk ermee...'

Ik neem mijn fietsje aan en stap ermee naar buiten. De man blijft met gekruiste armen voor zijn winkel staan. Hij wil nou wel 'es zien hoe ik er op wegrijd. En al zeg ik het zelf, dat doe ik GRAN-DI-OOS.

Aan het eind van de straat keer ik om, want ik wil me nog even vertonen. En als ik nogmaals langs hem rijd, steekt hij zijn duim omhoog. 'Als er wat mee is, dan kom je maar gerust...' zegt hij... alsof er ooit iets zou kunnen zijn met dat beetje, bloedeerlijke fiets van mij.

Ik wil m'n geld terug

Terwijl heel Nederland op zoek is naar laarzen en schoenen met crêpe zolen, loop ik winkel in, winkel uit om een paar sandalen te bemachtigen. Meestal hoor ik 'nee', een enkele maal: 'Sandalen? Mevrouw het is oktober...' en éénmaal verbaasd: 'Waar heeft u die voor nodig...?'

'Ik ga naar Indonesië,' zeg ik.

'Dan moet u ze maar daar kopen... of lopen ze daar op blote voeten?'

Juist als ik weg wil gaan, vervolgt de meneer: 'O... wacht u even, ik geloof dat ik achter nog een partijtje heb staan, ik zal ze voor u laten halen, gaat u maar even zitten.' Dat doe ik en omdat dat 'laten halen' wat tijd gaat kosten krijg ik de kans het volgende mee te maken.

Er komt een heer binnen met een paar schoenen in zijn hand. De heer voldoet aan de beschrijving 'ambtenaar', maar dat bezwaart hem kennelijk niet, want hij loopt doelbewust door naar de meneer achter de toonbank.

'Meneer...?' zegt de meneer achter de toonbank.

De heer zet de schoenen op de toonbank en zegt: 'Ik wil m'n geld terug. Deze schoenen heb ik hier veertien dagen geleden gekocht en de zolen zitten los. Ik wil m'n geld terug...'

De heer kijkt strak voor zich uit en de meneer pakt een schoen op. Hij bekijkt de zool, constateert dat die los zit, neemt de andere schoen, bekijkt de zool en constateert dat die los zit.

'Ze zitten los...' zegt hij.

De heer knikt en zegt: 'Ja... en ik wil m'n geld terug...'

'Dat zal moeilijk gaan,' zegt de meneer, 'want wij geven nooit geld terug. U heeft veertien dagen op deze schoenen gelopen, de zolen zijn inderdaad los, dat kán een fabrieksfout zijn... heeft u de bon nog, als ik vragen mag?'

De heer schudt nee en zegt dan: 'Ik wil m'n geld terug.'

'Meneer, zonder bon kan ik niets voor u doen. Wij zeggen altijd tegen de klanten: Bewaart u de bon voor het geval er iets is én voor de verzekering, daar moet de bon ook overgelegd worden als de schoenen gestolen worden... Zonder bon kan ik helemaal niets voor u doen.'

'Ik wil m'n geld terug...' zegt de heer en hij blijft strak voor zich kijken.

'Weest u nou redelijk, meneer,' zegt de meneer, 'als ik dit paar schoenen terugstuur naar de fabriek, dan zijn ze zeker bereid om ze te maken, maar dan moet ik de bon erbij overleggen. Daar kan ik niet onderuit, ik kan ze anders niet naar de fabriek sturen.'

'U hoeft ze niet naar de fabriek te sturen... ik wil m'n geld terug...'

'Goed, dan zal ik voor deze ene keer accepteren, dat u de bon niet meer heeft... ik zal de schoenen opsturen... geeft u mij uw telefoonnummer, over een week of twee zal ik u bellen, dan zullen ze wel klaar zijn...'

De heer schudt zijn hoofd. 'Ik wil m'n geld terug...'

'Meneer, wat ik u hier bied, is de optimale service die een schoenenzaak bieden kan...' Meneer pakt een schoen op en toont de zool. 'Kijk, u heeft erop gelopen, dat kan iedereen zien. Het is heel goed mogelijk dat u er al maanden op heeft gelopen. Slijtage treedt niet zo snel op bij deze kwaliteit... en bovendien, u heeft geen bon, u kunt niets bewijzen... wat wilt u nou toch eigenlijk?'

'Ik wil m'n geld terug...'

De meneer pakt de andere schoen en laat de zool zien. 'Dit is dus een kwaliteitsschoen... weet u hoe deze schoenen worden gemaakt? De zool wordt er eerst in gelijmd en dan in geperst en ten overvloede wordt de zool dan ook nog genaaid... normaal gesproken kan zo'n zool niet loslaten en zeker niet na veertien dagen.' Meneer zet met een klap de schoen op de toonbank, maar de heer deinst daar niet voor terug. 'Ik wil m'n geld terug...' zegt hij.

'Meneer... ik leg u toch uit... hier... dit stiksel dat er bovenop zit, dat is sierstiksel, dat kan loslaten... en dit stiksel, bij de lip, dat kan ook nog wel eens loslaten, als iemand een te hoge wreef heeft bijvoorbeeld... dan nemen wij de schoenen in, mét de bon natuurlijk... en wij sturen ze terug naar de fabriek en de klant heeft ze na twee weken weer terug.'

'Dat kan wel wezen,' zegt de heer, 'maar ik wil m'n geld terug.'

De meneer maakt een wanhopig gebaar en loopt op hoge poten naar een andere meneer, die het zaakje over zijn bril heen in de gaten houdt. Er wordt druk gesmoesd terwijl de ambtenaar als een wassen beeld van Madame Tussaud voor zich uit blijft kijken. De beide meneren komen terug, pakken de schoenen en bekijken de zolen.

'Ik heb meneer gezegd,' zegt de meneer, 'dat het moeilijk kan zonder bon.'

Na lang zwijgen zegt meneer Bril: 'Nou ja... doe het dan maar zonder bon... we sturen de schoenen wel naar de fabriek... meneer krijgt een berichtje als ze klaar zijn.'

Maar de heer schudt zijn hoofd. 'Ik wil m'n geld terug...' zegt hij.

'Meneer...' zegt de Bril, 'wij stellen erg veel prijs op een goede klantenservice en wij zullen ervoor zorgen dat uw schoenen keurig gerepareerd worden.'

De heer schudt nee. 'Ik wil m'n geld terug.'

Meneer Bril opent zijn mond wijd om een afdoend antwoord te geven, maar hij weet er geen. Dus sluit hij zijn mond, trekt de kassa open en vraagt: 'Hoeveel?'

'ƒ 110...' zegt de heer.

Meneer Bril graait naar een briefje van honderd en een briefje van tien, legt ze op de toonbank en slaat er op met de vlakke hand. 'Alstublieft,' zegt hij.

'Dank u wel,' zegt de ambtenaar en hij doet het geld zorgvuldig in zijn portefeuille. Daarna draait hij zich om en wandelt hij gladjes de deur uit.

Bloedlinklevesgevaarlijk

Ik ben net terug van vakantie en mijn gezicht is door een overmaat van zon donkerbruin met gebladderde witte spikkeltjes. Met dat gezicht stap ik in de trein naar Groningen. Er komt al heel gauw een meneer tegenover me zitten. Hij kijkt me lang aan en zegt ten slotte: 'Zo... hè-je onder een vergiet legge sonne...?' Zo'n opmerking schept een band en daarom fluistert hij me toe: 'En nou wil je natuurlijk weten wat ik in Groningen ga doen, hè... nou kijk, daar zit Rinus, een ouwe vriend van mij en die ken niet meer lachen. Daar heb ik vroeger jaren mee op de fabriek gezeten. Dat was een stofzuigerfabriek en daar maakten we stofzuigers. Hij was de baas van de lakspuiterij en ik stond vlak onder hem. Als hij dus ziek was, was ik dus de baas. Die Rinus wist altijd de stemming er in te houden. Spulletjes voor elkaar, de zaak liep als een trein, maar op z'n tijd een lolletje, daar was die niet vies van. Ik weet nog goed een keer, toen moest er op een braakliggend landje achter de fabriek afval verbrand worden. En dat landje was met een hoog rasterwerk afgezet met nergens een deur er in, dus als je er op moest was het klimmen geblazen. Dat afval werd ook gewoon over dat hek heen gesmeten. Nou, op een dag moest iemand dat afval op een hoop leggen en in brand steken en dat had hij al een paar keer geprobeerd, maar iedere keer ging het zakie weer uit, want het had de vorige dag nogal geregend. Toen dacht die vent slim te zijn en hij ging naar de lakspuiterij, naar Rinus dus en hij zei: "Rinus, heb je niet iets waarmee ik de boel goed kan laten fikken!" En Rinus z'n ogies begonnen al te tintelen en hij zei met een doodernstig gezicht: "Ja, ik heb iets, maar ik weet niet of ik het jou kan geven, want het is bloedlinklevesgevaarlijk."

En die vent z'n ogen direct groot: "Wat is dat dan, wat heb je dan, kom nou je ken het mij toch wel geven..." En Rinus weer: "Ja, maar de verantwoordelijkheid leg bij mij, want ik praat dus over een geheim afvalproduct een soort celluloselak en dat spul is zó brandbaar dat het vaak uit ze eige ontbrandt bij onverwachte schokken bijvoorbeeld of bij een bepaalde weersgesteldheid of bij een bepaalde vochtgraadmeter van de grond."

Die vent maar doorzeuren of die dat spul niet voor één keertje kon krijgen en dat die er heel voorzichtig mee zou zijn.

"Maar hoe doe je dat dan met dat hek," zei Rinus, "hoe kom je daar over zonder te schokken..." En toen zei die dat hij twee ladders neer zou zetten aan beide kanten van dat hek en dat die er heel voorzichtig overheen zou klimmen.

"En hoe zit dat dan met mijn verantwoordelijkheid..."

"Jij draagt geen verantwoordelijkheid, ik zal op een papiertje zetten dat die bij mij leg en dat tekenen we dan allebei..."

Nou goed, Rinus zegt tegen mij dat ik een papiertje moet halen en het komt voor mekaar. "Nou, ga dan eerst maar je ladders klaarzetten," zei Rinus, "en dan kom je daarna dat spul maar halen." Die vent helemaal opgewonden weg en toen die terugkwam had Rinus een emmertje water klaargezet, helemaal tot de rand gevuld. "En o ja," zei die nog, "je moet eerst zorgen datje al een vuurtje hebt, waai het maar lekker wat aan en als het een klein beetje doorfikt, dan smijt je d'r in één keer die emmer over. En niet blijven staan kijken, want dat is bloedlinklevesgevaarlhijk, nee, meteen omkeren, je gooit die emmer maar de lucht in en dan wegwezen. Zo gauw mogelijk het hek over, meteen doorrennen naar de boekhouding boven, dan kan je daar uit het raam in de gaten houden hoe het zakie fikt."

Die vent dankbaar en bedanken en zeggen dat die het allemaal zou doen en toen heel voorzichtig met die emmer tot de rand gevuld de spuiterij uit. Hij was nog niet weg of Rinus stuurde ons allemaal naar de boekhouding en daar waarschuwde die ook iedereen datte ze allemaal voor het raam moesten staan.

Nou... en toen kwam die vent aan, voetje voor voetje naar het hek en daarna treetje voor treetje de ladders op en af. Toen zette die de emmer neer en ging die het vuurtje stoken. Na heel veel waaieren en een paar keer uitgaan kreeg hij het goed aan de fik en toen ging hij zijn emmer halen en sluipend terug ermee. Toen smeet die hem in één keer leeg over het vuur, gooide de emmer omhoog en smeerde 'em met een bloedgang over het hek heen.

Nou, de hele boekhouding begon te applaudisseren en te joelen en hij omhoog kijken en toen voelde hij dat die er tussen was genomen. Dus draait die zich langzaam om en toen zag die achter zich nog een paar rookpluimen van het vuurtje dat die met z'n emmertje water mooi had gedoofd.

Nou, die Rinus dus hè, dat was zó'n baas voor ons, zó'n kameraad – er viel altijd met 'em te lachen. En nou leg die dus in een verzorgingshuis bij Groningen, helemaal geen familie niks en hij is helemaal verlamd en hij ken helemaal niet meer lachen. En daarom ga ik dus af en toe naar hem toe en dan zeg ik:

'Rinus, weet jij nog die vent met dat vuurtje en die emmer water?' en dan trekt die zo een beetje met z'n bek en dat is dan lachen en als ik er dan de verpleger bij haal en zeg: 'Nou kijk, jullie moeten hem af en toe eens herinneren aan die vent met die emmer water, dan gaat die lachen...' dan zegt die verpleger: 'Meneer dat heeft helemaal geen zin, want Rinus is helemaal verlamd en hij kan niks meer en zeker niet lachen...'

Nou... en daarom ga ik dan maar eens in de zoveel tijd naar Groningen en dan zeg ik: 'Weet je nog wel Rinus? en dan trekt die met z'n bek en dat is dan lachen...'

Goed zittende pantoffels

In 1906 verscheen *Het boek voor moeder en dochter*. De prijs was dertig cent en de eerste oplage van 10.000 exemplaren was binnen de vier maanden uitverkocht. Er volgde meteen een tweede oplage van 20.000 exemplaren. Een bestseller dus. Het boek was bedoeld voor de middenstand, 'waar de dochters onder het oog der moeder kunnen voorbereid worden voor de zware taak, die haar in de toekomst wacht'. In deftige families hadden ze dit boek niet nodig, want daar werden de dochters meestal naar pensionaten of huishoudscholen gezonden. Op arbeidersdochters werd helemaal niet gemikt, want: '...daar vindt de dochter de gelegenheid niet het huishouden te leeren, deels wijl zij, na volbrachten leerplicht, naar de fabriek gezonden wordt en in hare vrije uren niet der lust heeft bij het huiswerk behulpzaam te zijn, deels wijl de moeder zelf ter eenenmale onbekwaam is om haren dochters iets te leeren.'

Uit dit 'handboek' heb ik voor u enige passages gehaald, zodat u – met een glimlach – weer eens kunt vaststellen dat de positie van de vrouw en vooral haar image totaal veranderd is.

'Eene goede huisvrouw is vóór alles GODSDIENSTIG, want zij is er van overtuigd dat aan Gods zegen alles gelegen is. Zij koestert eene OPRECHTE LIEFDE jegens haar man, tracht op alle mogelijke wijzen hem het leven aangenaam te maken en zijne zorgen te verlichten. Zij is ONBAATZUCHTIG en gaarne onderdrukt zij hare eigen wenschen om die van haar man te volbrengen.

Zij is GEDULDIG en weet de fouten van anderen te verdragen en te verschoonen; en wanneer de huiselijke vrede dreigt verstoord te raken, weet zij wijselijk te ZWIJGEN.

Zij is OPRECHT en OPENHARTIG; voor haren man heeft zij geen geheimen en openbaart hem de reden van hare droefheid, onrust of gejaagdheid, uit vrees de wederkeerige liefde en den vrede in gevaar te brengen.

Zij is VREDELIEVEND en ZACHTMOEDIG. Haren man erkent en eerbiedigt zij als het hoofd des huisgezins. Zij wil niet altijd het laatste woord hebben en is inschikkelijk bij verschil van meening.

Zij is altijd VRIENDELIJK en OPGERUIMD. Daardoor brengt zij leven en gezelligheid in huis, evenals de zon in de natuur leven brengt en vreugde. Om haar mond speelt steeds een blijde lach en bij al haar zwoegen en zorgen zingt zij een vroolijk lied.

Eene goede huisvrouw is daarbij VLIJTIG en HANDIG. Nergens toeft zij liever dan in haar huis, haar koninkrijk. Zij is ORDELIEVEND EN WEET HARE BEZIGHEDEN met overleg te regelen. In een ordelijk huishouden moet zelfs het kleinste voorwerp zijn bepaalde plaats hebben, de speld zoo goed als de kookketel, de schoenen zoo goed als de oliekruik. Eene goede huisvrouw verstaat door WIJZE SPAARZAAMHEID de kunst om met weinig middelen goed huis te houden. Wat zij spaart is zoo goed als wat de man verdient. ZINDELIJKHEID is haar een halve deugd. De zindelijkheid is de deftigheid der arme lieden. Waar zindelijkheid heerscht, daar is gezelligheid en levenslust. Wil de vrouw haren man en hare groote kinderen na volbrachten arbeid thuis houden, wil zij hem afhouden van den drank, dan zorge zij dat hare woning kraakzindelijk en daardoor aantrekkelijk zij. Dan zorge zij zelf altijd zindelijk voor den dag te komen. Dat is toch zoo moeilijk niet: een eenvoudig werkkleed of huisjapon, een flinke voorschoot, goed zittende pantoffels, netjes opgemaakt haar en een vriendelijk gezicht, ziedaar alles wat noodig is om er propertjes uit te zien.

Eene goed huisvrouw is 's morgens het eerst het bed uit en 's avonds kruipt zij 't laatst achter het gordijn, met het zalig bewustzijn haar dag goed besteed te hebben.'

En dan laat ik hier enige nuttige wenken volgen voor dochters, 'die na volbrachten leerplicht naar de fabriek worden gezonden...'

1. Wanneer gij door omstandigheden moet werken in eene gevaarlijke omgeving, wees dan uiterst voorzichtig om toch niet Uwe eer en deugd te verliezen. Waak en bid. Vertoef nooit, ONDER GEEN VOORWENDSEL, alleen met een persoon van het andere geslacht. Waarschuw terstond Uwe ouders of oversten, wanneer iemand Uwe onschuld belaagt.

2. Neem niet deel aan gesprekken tegen geloof of goede zeden, doch laat door Uw stilzwijgen en Uwen ernst blijken dat zulke taal U mishaagt.

3. Keer van de fabriek TERSTOND EN ZONDER OMWEGEN naar huis, in gezelschap van eene goede vriendin.

4. Ga in Uwen vrijen tijd niet langs de straten slenteren en nog veel minder Uw vermaak zoeken in herbergen of danshuizen.

5. Wees thuis Uwe moeder behulpzaam in het inrichten der huishoudelijke bezigheden. Leg U toe op de nuttige handwerken, de kookkunst enz. om zoodoende geleidelijk, onder 't oog van moeder, op de hoogte te komen van alles wat in een geregeld huishouden van

eene vrouw gevorderd wordt. 't Is immers niet genoeg om de 8 of 14 dagen een handvol gelds thuis te brengen, gij moet ook denken aan Uwe toekomstige roeping.'

Een vis van steen

De hoeveelheid domheden die ik in mijn leven heb begaan, heb ik kunnen uitbreiden met een nieuwe die met kop en schouders uitsteekt boven zijn wapenbroeders: ik heb het hoofd afgebroken van een marsepeinen sneeuwpop van nauwelijks tien centimeter hoog. De sneeuwpop is het eigendom van Edje, een vijfjarig manneke dat een dagje aan mij werd toevertrouwd. Zaterdagmorgen om acht uur stond hij bij mij voor de deur, met in zijn ene hand een koffertje met speelgoed en in zijn andere hand de marsepeinen sneeuwpop.

'Die wil hij meenemen,' zei zijn moeder, 'hij heeft hem met Kerstmis gekregen en hij kijkt er nooit meer naar om, maar nu ineens moet die sneeuwpop mee.'

Een beetje bokkig stond Edje naar het commentaar van zijn moeder te luisteren. 'Ja, want hij is van mij,' zei hij, 'ik heb hem zelf gekregen en dus is die van mij.'

Toen hij zijn moeder had uitgezwaaid deed hij de ronde door de kamer om een plekje te zoeken voor zijn sneeuwpop. 'Niet te dicht bij de poezen en in de zon, lekker in de zon...' zei hij en zo belandde de sneeuwpop op mijn bureau, naast de telefoon en tussen mijn paperassen.

Omdat ik al telefonerend mijn vingers niet stil kan houden – vandaar dat alle telefoonboeken vol staan met bloemetjes en het behang ter plaatse is losgepeuterd – had ik vóór tien uur al een stukje marsepein van het achterhoofd van de sneeuwpop gekrabbeld. Ogenblikkelijk kreeg ik het met Edje aan de stok.

'Wat doe je nóu...' riep hij me toe, 'je zit aan mijn sneeuwpop te krabbelen... dat mag je niet hoor, dat is zielig...' Hij graaide de sneeuwpop uit mijn vingers en terwijl ik het gesprek afmaakte, gaf hij mij kleine boze duwtjes die hij begeleidde met gesputter: 'Er zit een deuk in zijn hoofd... ik wil hem niet meer hebben... ik wil een nieuwe hebben...'

Maar bij een volgend telefoongesprek bleek de sneeuwpop toch weer op mijn bureau te staan en alweer nam ik hem gedachteloos in handen. Een schreeuw van Edje bracht me terug naar de realiteit en veroorzaakte dat ik de sneeuwpop geschrokken terugzette. Binnen luttele seconden was het onheil toen geschied, want volgens Edje had ik 'eerst tegen de telefoon geslagen met zijn hoofd en toen tegen de rand van de tafel met zijn hoofd en toen nog eens heel hard geslagen tegen die bloempot met zijn hoofd...' Tegen een zo brute behandeling bleek het hoofd niet opgewassen. Het brak af, rolde op de grond en werd meteen door de poezen verder gehockeyed. Een moment stond Edje daar sprakeloos naar te kijken, maar daarna keerde hij zich heel praktisch tot mij.

'Die is dus kapot,' zei hij, 'doe je jas maar aan, laten we maar meteen een nieuwe kopen...' Schuldbewust stapte ik met Edje in de auto, maar net wat ik dacht, alle banketbakkers schudden hun bollen: 'Nee mevrouw, niks te sneeuwpoppen in de zomer, we blijven niet aan de gang...' Edje werd daar alleen maar koppiger door. 'Misschien in de supermarkt,' zei hij, 'd'r zijn heus wel meer moeders die koppen afbreken, ze zullen ze heus wel bij maken in de supermarkt...' En dus gingen we naar de supermarkt.

In een verzamelbak met het opschrift *Alles f 0,50* sloegen we aan het rommelen en zowaar, ik vond iets dat misschien als remplaçant zou kunnen dienen: een paashaasje van witte chocola, dat langdurig door Edje werd gekeurd. Ten slotte sprak Edje het verlossende woord: 'Nou ja... geef me die dan maar... ik vind hem niet mooi hoor en ik wil hem eigenlijk niet hebben en hij lijkt ook niet op mijn sneeuwpop maar geef hem dan maar...' Ik betaalde en dacht naïef dat het allemaal opgelost was. Maar de boosheid zat Edje nog in het lijf en pas tegen de middag toen Heleen – zijn achtjarig zusje kwam, kreeg hij de kans af te reageren. 'Wat kom je doen?' vroeg hij.

'Ik krijg een boterham en daarna ga ik naar handenarbeid.'

'En wat ga je daar doen?'

'Daar ga ik een vis maken van steen. Dan vraag ik aan meneer zo'n mes weetjewel en dan neem ik zo'n grote steen en dan hak ik er een vis van.'

Edje keek grimmig voor zich uit. 'Een vis is niks leuk,' zei hij.

'Een vis is wél leuk,' riep Heleen, 'want niemand maakt een vis. Straks ben ik de enige op de héle wereld die een vis heeft en dan moet je maar eens zien, dan denk jij bij jezelf hád ik 'em maar...'

'Poe...' zei Edje, 'wat hè je nou aan een vis, die kan niks. Een hond kan blaffen en een poes kan mauwen, maar een vis kan niks.'

'Een vis kan zwemmen,' gaf Heleentje terug.

'Kan een hond ook en een poes ook en ze kunnen ook nog pootjes en kopjes geven.'

'Honden en poezen van stéén zeker...'

'Nou, een vis van steen kan ook niet zwemmen...'

Een moment stond Heleentje schaakmat. Toen vond ze haar weerwoord: 'Maar een vis van steen... als er maar één is op de hele wereld... nou dan verkoop ik hem en dan krijg ik een heleboel geld en daar koop ik dan een heel groot huis van met allemaal kamertjes en één kamer vol met klei en één kamer met een tafel om te hakken en een boel stenen op een berg en één kamer met plakspul en als jij dan op visite komt dan wil ik wel 'es zien of jij dan niet denkt: had ik ook maar zo'n vis van steen...'

'Poe...' zei Edje, 'ik heb dan wel miljoenduizend honden van steen.'

'Ja, miljoenduizend, maar dan kan je ze niet verkopen. Als er maar één is, dan wil iedereen hem hebben. En een vis van steen maakt niemand, dat doe ik alleen.'

Edje dacht na. Ten slotte zei hij: 'Dan maak ik ook een vis van steen.'

'Néé...' riep Heleen verontwaardigd, 'dat is gemeen, want ik heb het bedacht.'

'Ja hoor, ik maak ook een vis van steen.'

'Néé... en je kan het niet ook, want jij zit niet op handenarbeid...'

'Dan maak ik hem vanmiddag hier.'

'Néé... dat is gemeen!'

'Maar ik doe het toch. Ik maak vanmiddag een vis van steen en als jij dan thuis komt van handenarbeid, dan heb ik hem al verkocht.'

'Néé... dat is geméén!'

'Niks aan te doen,' zei Edje, 'ik doe het tóch...' en met een triomfantelijk gezichtje draaide hij zich van zijn zusje af.

Loempia

'Een stukjesschrijver,' zegt een vriend van mij, die zich net als ik wekelijks op het gladde ijs van de kolommerij begeeft, 'een stukjesschrijver moet in staat zijn over alles te schrijven.'

'Ook over een loempia?' vraag ik, want daar heb ik net trek in.

'Ja, ook over een loempia,' zegt hij en hij neemt de houding aan van de geslaagde pedanticus met recht op koffie. Dat irriteert me, want ik kan op dit moment nergens over schrijven. 'Ik kan 'em alleen maar eten,' zeg ik, 'en dat ga ik nu doen.' 'Ik ga met je mee...' zegt de stukjesschrijver en hij springt overeind. Maar: 'Nééé...' roep ik, 'ik heb er behoefte aan om alléén een loempia te eten en bovendien, die Chinees maakt er maar één en die is voor mij.' Dus gaat hij weer zitten en pakt hij gelaten de krant. En ik ga tevreden de deur uit, want zo hoort het, een stukjesschrijver behoort zich bij tegenslag te troosten met de krant.

Bij de Chinees is het niet druk en lekker warm. Op een kruk bij het buffet zit een jongen met een biertje en als ik bij hem kom staan, vraagt hij of ik ook een biertje wil. Ach, waarom niet.

'Die vent begrijpt er niets van,' zegt de jongen, 'ik bestel gewoon een portie rijst en verder niks en hij komt iedere keer met wat anders aandragen.' Dat laatste mag ik meemaken, want de Chinees komt er aan met een portie nasi rames en een portie rijst die hij op een papier zet om in te pakken. Daarbij schudt hij alvast zijn hoofd. 'Niegoed?' vraagt hij, 'niegoed één nassilammes en één witte lijs, niegoed?' 'Nee,' zegt de jonge, 'dat zeg ik toch, één portie rijst en verder geen gesodemieter.'

'Is er niet sodemie... is miehoen pesial, is miehoen goreng met vlees, is miehoen goreng met kip, is miehoen goreng garnalen, is miehoen goreng Singapoer, is miehoen soep... is er niet sodemie...'

De jongen wijst geduldig op de portie rijst. 'Alleen die,' zegt hij, 'geen nasi rames, hou die maar zelf, offe...' Hij richt zich tot mij, 'Wilt u hem soms hebben?'

'Nee,' zeg ik, 'want ik wil een loempia eten...'

'Eén loempia...' bestelt de Chinees, daarna pakt hij de rijst in en zet de nasi rames terug in een soort raam, waarachter een heleboel gescharrel is. Maar tegelijkertijd verschijnt er in het raam een hand, die weer een portie rijst neerzet. 'Eén portie witte lijs...' wordt er geroepen.

'Wel verdraaid,' roept de jongen, 'ze snappen er ook niets van, krijg ik wéér een portie rijst...'

'Nog een polsie lijs voor meneer...' roept de Chinees en hij wil alvast gaan inpakken. 'Nee,' zegt de jongen, 'die heb ik toch al, geef maar aan die mevrouw...'

'Néé...' roep ik, 'ik wil een loempia...'

De Chinees draait zich om en roept door het raam: 'Eén loempia...'

'Kijk uit hoor mevrouw', zegt de jongen, 'nou krijgt u er twee...'

Nou ja, dan maar twee, daar ga ik ook niet dood van.

'Wilt u nog een biertje?' vraagt de jongen. Welja, nog maar een biertje ook.

'Wat ga je doen met die rijst?' vraag ik.

'Nou gewoon,' zegt de jongen, 'boter en suiker erop, ik hou niet van die hete rommel. Ik kom net van school en er is niemand thuis vandaag, ik denk ik koop een portie rijst...' en dan tegen de Chinees: 'Nééhee... ik moet geen twee porties, laat die ene nou maar staan... hoeveel krijgt u nou van me, vier bier en één rijst, hoeveel is dat?'

De jongen betaalt, drinkt zijn bier op en loopt naar de kapstok waar hij zijn das heeft opgehangen. 'Nou mevrouw,' roept hij, 'sterkte met uw twee loempia's.' En dan stapt hij de deur uit.

Ik ga maar aan een tafeltje zitten.

'Assublieft mevrouw... twee loempia's,' zegt de Chinees en hij zet het bord voor me neer. Ik zucht even en vraag dan of hij er één wil inpakken. Dat doet hij trouwhartig en dan klingelt de deur weer open en de jongen komt binnen.

'Ik heb mijn rijst laten liggen,' zegt hij, 'mijn portie witte rijst weetuwel?'

De Chinees kijkt overal, maar ziet niets. 'Ik heb ingepakt, u heeft meegenomen,' zegt hij. 'Nee,' zegt de jongen, 'ik heb niks meegenomen, ik ben bijna thuis en ik heb niks in mijn handen.'

'U heeft laten vallen...' zegt de Chinees.

'Ach man, ik heb niks laten vallen... maar laat maar zitten, geef me die andere portie maar...' Hij wijst naar de ingepakte tweede portie, betaalt en verdwijnt weer. En ik begin aan mijn loempia...

Na een paar happen zie ik ineens op de kapstok een wit pakje liggen en er gaat een lampje bij me branden. Dat is de eerste portie van die jongen natuurlijk. Ik sla alarm, de Chinees gaat het pakje halen en legt het op het buffet naast mijn ingepakte loempia. Nou ja... en de rest ligt voor de hand.

Ik kom terug bij mijn stukjesschrijvende vriend, 'Alsjeblieft, voor jou...' zeg ik, 'een loempia...', hij maakt het pakje open en er ligt een portie rijst.

'O...' zeg ik, 'dat is die eerste portie rijst van die boter-en-suikerjongen met wie ik een paar biertjes heb gedronken en die hij op de kapstok heeft gelegd toen hij zijn das omdeed en die die Chinees toen naast mijn tweede loempia heeft gelegd toen ik mijn eerste zat te eten...'

De stukjesschrijver knikt me goeiig toe. 'Jaja...' zegt hij en hij gooit de rijst naar buiten voor de vogeltjes, 'doe maar lekker alles los wat knelt, hoor meid en ga maar gauw op je airzooltjes met vakantie... misschien dat je dan als je terug bent een stukje kunt schrijven over een loempia...'

Werken van Yvonne Keuls

1962 *Niemand de deur uit: klucht in 6 taferelen* (toneel), Maestro, Amsterdam
1965 *Kleine muizen* (toneel), Haagsche Comedie
1965 *Foei toch, Frances* (toneel)
1965 *Niemand de deur uit* (toneel)
1966 *Kleine muizen* (televisie), NCRV
1967 *Onbegonnen werk* (televisie), NCRV
1968 *Vertel me iets nieuws over de regenwormen* (televisie), NCRV
1968 *Thee voor belabberden* (toneel)
1968 *Kattenstad* (toneel)
1968 *Strategisch goed* (toneel)
1968 *De spullen van de Turkse staat* (toneel), Haagsche Comedie
1969 *De toestand bij ons thuis* (proza), Ad Donker, Rotterdam
1969 *De boeken der kleine zielen*, naar de gelijknamige roman van Louis Couperus (televisie), NCRV
1970 *Stippen* (toneel), Haagsche Comedie
1970 *Over lijken* (toneel), Haagsche Comedie
1970 *Jam* (toneel), Haagsche Comedie
1973 *Thee voor belabberden* (toneel), De Toneelcentrale, Bussum
1975 *Groetjes van huis tot huis* (proza), Leopold, Den Haag
1975 *De koperen tuin*, naar de gelijknamige roman van Simon Vestdijk (NCRV-televisie)
1975 *Klaaglied om Agnes*, naar de gelijknamige roman van Marnix Gijsen (NCRV-/BRT-televisie)

1976 *Van huis uit* (proza), Leopold
1977 *Jan Rap en z'n maat* (proza), Ambo, Baarn
1977 *Jan Rap en z'n maat* (toneel), De Theaterunie, Bussum
1979 *Keuls potje* (proza), Leopold
1980 *Keulsiefjes* (proza), Leopold
1980 *De moeder van David S., geboren 3 juli 1959* (proza), Ambo
1981 *Kleine muizen en Regenwormen: twee eenakters* (toneel), Ambo
1981 *Jan Rap en z'n maat* (Veronica-televisie)
1982 *Kleine muizen* (NCRV-televisie)
1982 *Vertel me iets nieuws over de regenwormen* (NCRV-televisie), (remake)
1982 *De moeder van David S.* (NCRV-televisie)
1982 *Het verrotte leven van Floorje Bloem* (proza), Ambo
1983 *Negenennegentig keer Yvonne Keuls* (proza), Leopold
1983 *Achtennegentig keer Yvonne Keuls* (proza), Leopold
1983 *Waar is mijn toddeltje* (proza, kinderboek), Leopold
1984 *De hangmat van Miepie Papoen* (proza, kinderboek), Leopold
1985 *Het welles nietes boek* (proza, kinderboek), Leopold
1985 *Annie Berber en het verdriet van een tedere crimineel* (proza), Ambo
1985 *Jan Rap en z'n maat* (toneel), in nieuwe bezetting
1986 *De arrogantie van de macht* (proza), Ambo
1986 *De moeder van David S.* (toneel)
1988 *Daniël Maandag* (proza), Ambo
1988 *Het verrotte leven van Floortje Bloem* (toneel)
1989 *Jan Rap en z'n maat* (film), Riverside Pictures
1990 *De tocht van het kind* (proza), Ambo
1990 *Dochterlief* (proza), Novella

1991 *Alwientje* (proza), Novella
1991 *Indische tantes* (proza + cassette), Novella
1992 *Meneer en mevrouw zijn gek* (proza), Ambo
1993 *Die kat van dat mens* (proza), Novella
1993 *Meneer Fris en andere mannen* (proza), Novella
1994 *Slepend huwelijksgeluk* (proza), Novella
1994 *Daniël Maandag & De tocht van het kind* (proza), Ambo
1995 *Voorzichtig, voorzichtig* (proza), Novella
1995 *Lowietjes smartegeld of: Het gebit van mijn moeder* (proza), Ambo
1996 *Keulsiefjes* (proza), Ambo
1999 *Mevrouw mijn moeder* (proza), Ambo, Amsterdam
1999 *Dochters* (proza), Ambo
1999 *Het verrotte leven van Floortje Bloem* (proza), Flamingo, Amsterdam
1999 *De moeder van David S.* (proza), Flamingo
2000 *Jan Rap en z'n maat* (proza), Flamingo

Prijzen

1967 Mr. H.G. van der Vies-prijs voor *Onbegonnen werk* (televisie)
1978 Prijs der Kritiek van de Nederlandse theatercritici voor *Jan Rap en z'n maat* (toneel)
1979 Het Zilveren Jongeren Paspoort voor *Jan Rap en z'n maat* (toneel)
1992 De 'Floortje Bloem Prijs' voor *Meneer en Mevrouw zijn gek* (proza)
1999 Trouw Publieksprijs voor *Mevrouw mijn moeder* (proza)